TREDER UND TREDER

Norbert Katins, Jahrgang 1961, ist ein ausgewiesener Spezialist für Schutz-, Dienst- und Spezialhunde. Neben seiner langjährigen Tätigkeit als Spezialhundeführer für Waffen- und Sprengstoffhunde brachte er sich auch in die Ausbildung von Behindertenbegleithunden einer renommierten Stiftung ein. Ebenso in verschiedene Gemeinschaften des organisierten Hundevereinssports und in die Hundezüchtung.

Die Liebe zu Hunden entwickelte sich für Norbert Katins mit der Fernsehserie „Lassie", die zwischen 1954 und 1973, also in der Kindheit des Autors, über die Bildschirme flimmerte. Lassie, eine Hündin der Rasse Collie Rough, gilt heute als der berühmteste Hund der Welt. Mit ihrer Intelligenz half Lassie Menschen in ihrer Umgebung oft aus schwierigen Situationen heraus. Ähnlich, wie die Hunde von Norbert Katins Aufgaben von unschätzbaren Wert erledigten.

Norbert Katins nahm vielfach erfolgreich an Hundesportwettbewerben und Hundeausstellungen teil.

Norbert Katins

Ich fand Alles

Vom Streuner zum Superstar

Ein Polizeihund erzählt

Edition Treder und Treder
Verantwortlich: Achim Treder
18055 Rostock, Edith-Lindenberg-Straße 46 (Copyright ©)

Lektorat: Lore Treder
Titelfoto: Norbert Katins

Druck: CPI books GmbH, 89075 Ulm
1. Auflage 2012
ISBN 13: 978-3-00-035947-7

Ich widme dieses Buch meinen Freunden, insbesondere aber Les, Erna und Haro

Die frei erzählte Geschichte beruht in ihrer Substanz auf wahre Geschehnisse und Begebenheiten.

Erna gab es wirklich.

Manch einer wird es bestimmt merkwürdig finden, eine Geschichte vorgesetzt zu bekommen, die angeblich ein Hund erzählt. Und ich gebe ja auch gern zu: Lesen und Schreiben gehören wirklich nicht zu meinen Talenten. Das können Menschen viel besser. Deshalb will ich auch gern einräumen, dass es dieses Buch nicht geben würde, hätte ich mich nicht auf meinen Menschen hundertprozentig verlassen können.

Doch das, was er für mich aufgeschrieben hat, ist wirklich so geschehen. Ich erzähle meine Geschichte, um allen Hunden Mut zu machen.

Natürlich gehört auch ein wenig Glück dazu, wenn es am Ende so kommen soll, wie es mir schließlich ergangen ist. Denn weiß Gott nicht alle Menschen sind in der Lage, unsere Talente wirklich zu erkennen und sie zu fördern. Einen Menschen braucht aber selbst der klügste Hund.

Wir wissen es ja alle, dass viele unserer Artgenossen regelrecht Karriere gemacht haben. Ihr könnt das auch! Dabei ist es völlig egal, ob du ein Terrier, ein Pinscher oder ein Windhund bist.

Erst vor kurzem habe ich von einem Chihuahua-Mädchen gehört, das in Japan mit Bravour die Prüfung zum Polizeihund bestanden hat. Die kleine Momo wird inzwischen nach Erdbeben und anderen Katastrophen angefordert, um verschüttete Menschen zu erschnuppern.

Wer hätte das gedacht! Menschen, die an unserer Intelligenz zweifeln oder davon einfach nichts verstehen, schaffen sich Chihuahuas sonst allenfalls an, um sie im Handtäschchen spazieren zu tragen.

Kaum größer als ein Handy. Vielleicht wird dieser kleine Kerl eines Tages in die Fußstapfen seiner Artgenossin Momo treten. Das kleine Chihuahua-Mädchen hat nämlich in Japan die Polizeihundeprüfung bestanden und wird nun nach Erdbeben und anderen Katastrophen angefordert, um verschüttete Menschen aufzuspüren.

Wie Ihr vorn auf diesem Buch sehen könnt, bin ich zwar ein cooler Typ, aber alles andere als das, was man sich landläufig unter einem typischen Polizeihund vorstellt. Dackel schaffen es leider nicht so oft in den Polizeidienst.

Doch erfreulicherweise haben es viele meiner Langhaar-Dackel-Freunde an die Seite von Jägern geschafft. Die Jäger-Menschen nennen uns dann komischerweise „Teckel" statt Dackel. Als wenn das Wort „Dackel" etwas Minderwertiges bezeichnen würde. Ich stehe voll zu der Bezeichnung Dackel.

Immerhin haben die Jäger wohl schon sehr früh geschnallt, dass wir Dackel besonders klug sind. Wenn sie nämlich ohne uns einen Fuchs oder Dachs jagen wollen, sind sie regelrecht aufgeschmissen. Diese Tiere verkriechen sich in ihrem Bau unter der Erde. Und aus die Maus.

Doch weil die Jäger-Menschen wissen, dass wir uns auch ganz gerne mal mit

---

Dackel sind beliebte Jagdhunde

Hunde, die den Menschen bei der Jagd auf Wild dienen, werden für die Erfüllung unterschiedlicher Aufgaben eingesetzt. Schweißhunde beispielsweise sind darauf spezialisiert, ein verletztes, blutendes Tier auszumachen. Neben dem Hannoverschen Schweißhund und dem Bayrischen Gebirgsschweißhund bewährt sich der Dackel (in der Jägersprache „Teckel") für derartige Aufgaben immer wieder. Regelrechte Stars sind Dackel jedoch, wenn sie als so genannte Erdhunde zum Einsatz kommen. Vor allem die geringe Körpergröße und das offenbare „Selbstbewusstsein" der Dackel prädestinieren diese Hunderasse für Aufgaben in diesem Bereich. Jäger und Dackel zusammen vermitteln ein vertrautes Bild.

Füchsen oder Dachsen anlegen und mit ihnen raufen, schicken sie uns hinein in deren Bau. Sie wissen ganz genau, dass wir unter der Erde sehr gut alleine klarkommen und dass wir dort auch allein die richtigen Entscheidungen treffen können.

Für mich kam das alles nicht infrage. Ich halte von solchen Dackel-Jobs nicht allzu viel, und ich glaube auch, dass die Menschen uns da ziemlich böse ausnutzen. Ich kenne Artgenossen, die mächtig ausgefranst wieder aus dem Fuchsbau herauskamen.

Aufgewachsen bin in einer ganz normalen Dackel-Menschen-Familie. Ich hatte sechs Hunde- und zwei Menschen-Geschwister.

Meine Hundegeschwister waren nur ganz am Anfang bei uns. Nach und nach kamen irgendwelche Menschen und nahmen einen nach dem anderen von uns mit.

Mich wollte zuerst gar keiner. Und schließlich wollten mich meine Menschen-Geschwister auch nicht mehr weggeben.

Diese Menschen-Geschwister, das waren zwei drollige Typen, kann ich euch sagen; ein Mädchen und ein Junge – sie hießen Jule und Fiete.

Wir lebten alle zusammen auf einem großen Hof, auf dem es auch viele Hühner und einige Katzen gab.

Jule und Fiete waren kleine Strolche. Sie hatten beide ihren eigenen Kopf und machten oft Dinge, die sie eigentlich wohl gar nicht machen durften.

Fiete jagte gern den Hühnern hinterher. Wenn er mal ein Huhn gefangen hatte, schleppte er es in der Gegend umher.

Dabei ging er gern auch mal mit dem Huhn vom Hühnerhof und ließ mich dort mit dem Federvieh allein zurück. Dann konnte ich von Herzenslust die Hühnervögel ganz allein jagen. Und als Fiete merkte, dass mir das ebenso großen Spaß machte wie ihm, wurden wir richtig dicke Freunde.

An diesen Teil meiner Kindheit erinnere ich mich besonders gern.

Die großen Menschen bei uns zu Hause fanden es aber nicht so gut, dass Fiete und ich so gerne Hühner jagten. Fiete wurde von unserem großen Mann vom Hof – der hieß „Papa" – manchmal sogar an den Ohren gepackt.

Mir griff Papa dann immer ins Fell. Und er schüttelte mich auch. Wenn er doch bloß mal mitgemacht hätte beim Hühnerjagen! Dann hätte er das bestimmt verstanden, was für einen Spaß das macht.

Als Fiete dann in die Schule kam, hatte er leider nicht mehr so viel Zeit für mich. Dafür fand es aber Jule plötzlich schön, mit mir auf dem Hühnerhof zu toben.

Jule riss mich zuerst immer von den Hühnern weg, wenn ich die mit meinem Maul am Hals gepackt hatte. Doch als Jule merkte, dass ich mit den Vögeln nur spielte und ihnen höchstens mal eine Feder ausriss, fand auch sie Spaß an diesem Spiel.

„Jule!", hörte ich eines Tages Papa, unserem Mann vom Hof, rufen. „Wenn das mit den Hühnern nicht aufhört, dann müssen wir Erna ins Tierheim bringen."

Da nahm mich Jule auf den Arm und brachte mich in ihr Zimmer. „Du darfst nicht mehr so oft die Hühner jagen", sagte sie besorgt. „Sonst bringen sie dich wirklich weg."

Von diesem Tag an sollte ich die meiste Zeit in Jules Zimmer verbringen. Ihr könnt euch ja gar nicht vorstellen, wie langweilig das war.

Zum Glück gab es aber noch Felix und Mimi. Felix und Mimi waren zwei Katzen. Ich glaube, die hatten früher auch einmal gerne Hühner gejagt, denn die beiden waren draußen fast nie zu sehen; sie mussten immer im Zimmer bleiben.

Felix, Mimi und ich – wir wurden aber einfach keine Freunde. Felix fauchte mich immer an, wenn ich an seinem Fressnapf schnupperte. Und wenn ich Mimi mal im Genick schnappte, um sie in ihr Körbchen zu bringen, dann gab es mit allen beiden Katzen immer riesigen Stress.

Sie fauchten und kratzten, was das Zeug hielt. Und im Laufe der Zeit sind wohl mehr als nur eine Vase und die große Uhr vom Schrank auf den Boden gefallen.

„Jule!", schimpfte nun eines Tages die Menschen-Frau von unserem Hof polternd, als sie in der Tür stand. Sie hieß „Mama".

Dabei hatten Jule und ich ausnahmsweise mal richtig gut miteinander gespielt. Leider ist uns beiden dabei vieles aus Jules Regal herausgefallen. Mehrere Bücher. Eine Vase. Und jede Menge kleiner Dinge, von denen ich gar nicht so richtig weiß, wozu die gut sind.

„Jule! Wir bringen den Hund ins Tierheim. Er ist wirklich zu nichts zu gebrauchen. Und mit der Erziehung ist es wohl zu spät. Den kriegen wir nicht mehr hin. Er bereitet uns nur Ärger. Er hat Papas Handy zerbissen, und die Katzen haben keine ruhige Minute mehr. Und schau mal, wie es hier, bei dir, aussieht!"

Kein gutes Wort über mich brachte sie über ihre Lippen. Was wusste die schon von mir und den Katzen? Als ob ich der einzige Stänkerer in der Familie war!

Weggebracht haben sie mich dann aber doch nicht. Jedenfalls nicht an diesem Tag.

Das war aber auch genau die Zeit, in der ich merkte, dass es schlecht ist, wenn man nicht mit den Menschen sprechen kann. Ich meine: nicht richtig sprechen.

Ständig kommt es zwischen uns und ihnen zu Missverständnissen. Und wenn du denkst, du tust den kleinen Menschen einen Gefallen, dann schimpfen dich die großen aus. Irgendwie scheinen die Kleinen schlauer zu sein als die Großen. Denn die verstehen uns Hunde viel besser. Dachte ich damals.

Als ich dann tagelang einfach nur traurig in den Tag hinein gedöst hatte, ahnte ich, dass es doch einen Weg geben muss, um in Frieden mit allen Menschen rundherum leben zu können.

Im Grunde genommen muss man nur versuchen, sie zu verstehen. Das habe ich mit Fiete doch auch schon immer versucht – und auch mit Jule. Es hat doch auch geklappt. Vielleicht ist es ja wirklich nicht das Wichtigste und Schönste für die anderen Menschen, Hühner zu jagen.

Was aber wünschen sich die Menschen, wenn sie mit einem Hund zusammenleben wollen? Wenn sie nicht Hühnerfangen spielen wollen – was wollen sie dann?

Wollen sie überhaupt mit uns Hunden spielen? Oder wollen sie lieber, dass wir ihnen nur die Arbeit abnehmen? Dass sie ernsthaft denken, dass wir ihnen das Mittagessen kochen oder den Ofen heizen? Das kann doch wohl nicht sein!

Auf dem Hof nebenan lebte Kantor, ein Schäferhund. Kantor habe ich schon oft beobachtet, wie er neben seinem Menschen mit einem Korb im Maul durchs Dorf geht. Wenn ich mir aber vorstelle, dass ich das auch tun sollte ...

Ach, das geht ja gar nicht! Dafür habe ich viel zu kurze Beine. Ich könnte den Korb nur hinter mir her zotteln.

Kantor hat auch schon einmal einen Holzpantoffel im Maul gehabt. Vielleicht muss er zu Hause immer die Hausschuhe für die Menschen auf seinem Hof holen – oder sie zurück an ihren Platz bringen.

Ich habe allerdings auch schon einmal erlebt, wie Kantor einen Holzpantoffel angefressen hat und ihn danach, weil er wohl ein schlechtes Gewissen hatte, im Garten verscharrte. Da gab es nebenan auch Krach.

Nein, das waren alles keine Dinge, die geeignet waren, den Frieden bei uns wieder herzustellen. Ich war wohl einfach an die falschen Menschen geraten. Sie verstanden mich nicht, und ich wusste auch keinen Weg, wie ich mich mit ihnen arrangieren sollte.

Und so kam es, wie es kommen musste. Fiete kam zu mir und sagte: „Erna, wir fahren in den Urlaub. Wir dürfen dich nicht mitnehmen. Du musst so lange in ein Tierheim."

Dass dieses „so lange" nicht ehrlich gemeint war und es wohl ein Abschied für immer sein sollte, ahnte ich sofort. Ich hatte meine Chance einfach nicht genutzt, habe wohl alles falsch gemacht. Und dachte: Weg von hier! Nichts wie weg!

Die Haustür stand offen. Ich wusste nicht, ob es richtig war. Aber ich rannte raus und, so schnell ich konnte, aufs Feld und dann in den Wald. Fiete kam mir hinterher, doch er hatte keine Chance.

Später habe ich erfahren, dass die ganze Menschenfamilie noch stundenlang auf der Suche nach mir war.

Was hatte ich da nur angestellt! Tagelang grübelte ich zuvor darüber, wie ich es besser machen konnte. Ich wollte mich mit Mimi und Felix versöhnen. Hatte mir fest vorgenommen, ein guter Hund zu werden.

Vielleicht hätte ich meine Menschenfamilie ja beschützen können. Vor anderen Hunden. Und vor allem vor anderen Menschen! Wie ich später lernte, gibt es davon ja eine ganze Menge, die richtig böse sind.

Doch das hatte ich jetzt wohl alles verspielt. Wenn die mich nun ins Tierheim bringen, dann holen sie mich nie wieder zu sich nach Hause, dachte ich. Selbst, wenn sie es bis vor kurzem noch vorhatten.

Aber kann ein Hund, der bis jetzt noch auf einem Hof und die meiste Zeit sogar in einem warmen Zimmer lebte, überhaupt draußen, in der weiten Welt zurechtkommen?

Ich streunte mehrere Tage über Felder und durch Wälder. Und am Anfang fand ich das sogar richtig toll. Ich sah Hasen und Rehe, die ja auch so lebten, wie ich jetzt.

An einem Teich habe ich Enten gejagt. Und niemand hat mit mir deswegen geschimpft. Auch nicht, wenn ich Mäuse aus ihren Löcher herausbuddeln wollte.

Oh Mann! Können die gut riechen!

Doch irgendwann war der Hunger so groß, dass mich das Heimweh packte. Das Gras, das die Hasen fressen, und die Mäuse, die sich die Füchse fangen – das alles war nichts für mich, wie ich schnell herausfand. Ich bin einfach etwas anderes gewöhnt.

Ein junges Huhn – das konnte ich mir

durchaus vorstellen. Ich hatte mit den Hühnern ja eigentlich immer nur gespielt. Aber ich weiß, dass die Menschen sie auch fressen. Und irgendwie müsste man doch auf den Hof kommen ...

Das war aber wohl schon wieder eine falsche Überlegung. Jule, Fiete und die Großen waren zwar im Urlaub. Doch plötzlich stand der Menschen-Mann von Kantor vor mir. Er hatte den Hühnern von Papa und Mama wohl etwas zu fressen gegeben. „Da bist du ja, du Streuner", hörte ich noch, bevor er mich im Genick packte und in einen Sack steckte.

Was dann geschah, habe ich leider nicht mehr so richtig mitbekommen. Ich weiß nur, dass es unheimlich dunkel war und ich wohl lange umhergeschleppt und umhergefahren wurde.

Ich hatte riesengroße Angst.

Endlich holte mich der Mann von Kantors Hof aus dem Sack. „Nun benimm dich!", forderte er. Ging in ein Haus, begrüßte eine Frau und sagte nur: „Es ist ein sehr schwieriges Tier. Er lief meinen Nachbarn immer weg. Machte die ganze Gegend unsicher. Sie wollen ihn nicht mehr."

Das war ganz schön gelogen. Von wegen „lief immer weg" und von wegen „machte die Gegend unsicher".

Nun aber ging alles ganz schnell. Die Frau nahm mich, sagte: „Der ist doch ganz lieb – aber es ist ja eine Sie. Hat sie auch einen Namen?" Zum Glück wusste der Mann von Kantors Hof, dass ich Erna heiße.

Die Frau knuddelte mich sogar. Drückte mich an sich. Das hatte bisher noch kein großer Mensch gemacht. Sie brachte mich auf ihren Hof. Dort wedelten ganz viele Hunde mit ihren Schwänzen.

Aber was war das? Die waren ja alle hinter Gittern. Sie begrüßten mich mit einen lauten Kleff- und Bellkonzert. Ob die auch alle Handys zerbissen oder Hühner gejagt hatten?

Die Bedingungen in Tierheimen sind recht unterschiedlich. Doch fast immer herrscht Freude und Neugier vor, wenn es Besuch von Menschen gibt.

Wenn ich ganz ehrlich sein soll, dann war die Zeit auf diesem Tierheim-Hof gar nicht mal so schlecht. Wir Hunde haben viel miteinander gelacht und miteinander gebellt.

Manchmal kamen kleine Menschen, die mit uns spazieren gingen. Aber wenn die wieder weg und wir Hunde allein unter uns waren, dann bekam ich doch Heimweh. Wie gern hätte ich dann mit Jule und Fiete Hühner gejagt!

Und dieser Tierheim-Hof war auch gar kein richtiger Hof. Es gab zwar auch Katzen und wohl auch Kaninchen. Aber wir lebten nicht so zusammen, wie in einer richtigen Familie. Und die Menschenfrau hatte auch nur ganz wenig Zeit für uns.

Sie brachte mir zwar immer was zum Fressen und frisches Wasser – das war alles in Ordnung. Doch sie spielte nicht mit uns, und wir durften auch nicht sehr oft miteinander spielen.

Manchmal kamen auch große Menschen – meist hatten sie kleine Menschen dabei. Sie streichelten einige von uns, und wenn einer ganz lieb war oder lustig, dann nahmen sie ihn manchmal mit.

Meist kamen sie aber zwei, drei Tage später wieder und brachten den Hund zurück, weil er doch nicht so war, wie sie es sich gewünscht hatten. Oder weil der Hund gleich alle Handys im Haus angefressen oder die Hühner gejagt hat.

Ich wusste, dass ich dies nicht tun darf, wenn ich eine zweite Chance bekommen soll. Wenn mich doch nur einer mitnehmen würde! Mich würden sie bestimmt nicht wieder hierher zurückbringen.

Tag für Tag, Nacht für Nacht träumte ich von dieser zweiten Chance. Immer, wenn ein fremder Mensch zu uns kam, fragte ich mich, wie es wohl bei dem auf dem Hof aussehen würde. Und ob der Hühner und Katzen hat.

Hin und wieder hat mich auch jemand etwas gründlicher angeschaut. Haben wollte mich aber keiner. Sie standen alle mehr auf Schäferhunde oder Terrier. Vielleicht sollten die Hunde, die sie suchten, ja ihren Einkaufskorb tragen.

Eines Tages standen zwei große Menschen-Männer vor mir. Sie redeten viel – und auch auf mich ein. „Zeig doch mal dein Gebiss!" „Kannst du auch ‚Sitz' machen?"

All' solch Kinderkram. Ich gab mir große Mühe, ihnen zu gefallen. Und es hat wohl auch geklappt. Sie sprachen mit der Frau von unserem Hof. Dann legten sie mir ein Halsband um und führten mich an ihrer Leine fort.

Obwohl das alles für mich total fremd war, fühlte ich mich erst einmal frei. Ich hätte alle Hühner dieser Welt jagen können, so freudig erregt war ich.

Wir stiegen in ein Auto. Ich hatte dort sogar einen richtig kuscheligen Platz auf einer Decke. Das Fenster war aber zu hoch. Ich konnte nicht sehen, wohin wir fuhren.

Als wir ankamen, war es bereits dunkel. Die Männer brachten mich zu einem ganz kleinen Hof mit einem ganz kleinen Haus, das gerade einmal groß genug war, dass ich darin liegen konnte. Es hatte keine Fenster und auch keine richtige Tür. Die beiden hätten da beim besten Willen nicht mit reingepasst.

Aber ich hatte erst einmal meine Ruhe, und ich dachte mir: Die bringen mich bestimmt später auf ihren großen Hof.

Am nächsten Tag bekam ich gut zu fressen und zu saufen. Doch bevor ich richtig aufgefressen hatte, nahm mich ein neuer großer Mann an die Leine und führte mich in ein großes Haus, das überhaupt nicht aussah wie ein Hof. Es gab da auch keine Hühner, keine Katzen und auch keine kleinen Menschen.

Dafür rannten da jedoch viele große Menschen umher. Sie sahen alle irgendwie gleich aus, sie hatten alle die gleichen Sachen an. Fast jeder von ihnen grabbelte erst einmal an mir herum.

Der Menschen-Mann am anderen Ende meiner Leine ließ sie alle machen. „Das ist Erna", sagte er zu jedem zweiten von denen. „Wir wollen mal sehen, ob das mit Erna funktioniert."

Egal, was da kommt, dachte ich. Es wird funktionieren. Ich habe es schon mit allem zu tun gehabt, was man sich vorstellen kann. Mit Katzen, Hühnern und mit Hasen. Ich kenne das Leben im Wald, auf dem Hof und in einem Tierheim. Ich weiß, dass Handys und Hühner für Hunde tabu sind, und dass es ein Hund schwer hat, wenn er einfach wegläuft.

Was konnte da also schon noch kommen, was mit mir nicht funktioniert? Was meinten die wohl?

Einer der Männer griff mich und stellte mich auf einen Tisch. Ich fragte mich immer nur: Wer von denen ist denn nun mein neuer Mensch? Jedes Mal packte mich ein anderer. Die mich aus dem Tierheim holten, waren andere als die, die mir heute zu fressen gaben und mich hierher brachten. Und der jetzt? Das ist schon wieder ein anderer.

Er sprach freundlich zu den anderen. Erzählte ihnen die alte Geschichte, die Kantors Menschen-Mann der Frau vom Tierheim über mich erzählt hatte und die ja völlig übertrieben war und zum größten Teil gar nicht stimmte. Er erzählte aber auch, dass die Tierheim-Frau nur Nettes von mir erzählt hatte und dass ich ein braver und gelehriger Dackel sei.

Ohne dass dieser Mann, der mich da auf den Tisch gehoben hatte, jemals etwas mit mir zu tun hatte, tat er so, als wären wir beide schon lange ein Team. Er sagte „Sitz!" und „Mach Männchen!" und warf einen Gummiball in die Ecke des Raumes.

Ich kannte das alles und wusste natürlich, was ich zu machen hatte. Offenbar gefiel ich allen Männern. Und mal ehrlich:

Euch würde es doch auch nicht schwerfallen, einem Ball hinterher zu rennen. In dieser Hinsicht sind Menschen und Hunde wohl völlig gleich.

Nachdem diese kleine Kennenlernstunde vorbei war, verschwanden die meisten Menschen-Männer. Es blieben nur so viele wie ich Beine habe. „Es wird mit Erna funktionieren", sagte der eine noch einmal, und Ihr könnt euch denken, dass ich vor Neugier fast platzte. Was, zum fetten Kater noch einmal, soll mit mir funktionieren?

Zunächst ließen sie mich aber spielen. Hühner waren keine zu sehen. Dafür aber kam ab und zu jemand in den großen Raum, und jeder gab mir etwas zu fressen. So viel habe ich vorher nie bekommen. Mal eine Wurst, mal ein Käsebrötchen.

Das ging mehrere Tage so.

Abends brachten sie mich immer wieder in mein kleines Haus ohne Fenster und ohne Tür und ließen mich allein. Es waren nicht die Tage, nach denen man sich unbedingt zurücksehnt, aber es war ganz nett.

Doch dann, nach einigen Tagen, war es so weit. Die vier Männer schienen sich plötzlich wieder sehr für mich zu interessieren. Sie flirteten schon vom frühen Morgen an sehr auffällig mit mir herum.

Im großen Haus musste ich wieder auf diesen Tisch springen.

Bis hier war alles noch Spaß. Dann nahm mir einer von ihnen mein Halsband ab und legte mir ein neues um. Dieses war viel schwerer und fühlte sich wie eine Drahtbürste an.

Plötzlich spürte ich am Hals ein Kribbeln. Was war das? Es kitzelte. Mal auf der einen Seite. Mal auf der anderen. Was hatte das zu bedeuten?

Ich erschrak. Sprang vom Tisch. Versuchte mich zu verstecken. Ich sah, wie ein Mann mit einem kleinen Gerät herumfuchtelte. Ein Handy war es nicht.

Und immer, wenn er es tat, kribbelte es erneut an meinem Hals.

Kribbelte es auf der einen Seite, versuchte ich, zur anderen auszuweichen. Es wurde immer unangenehmer.

Die Männer aber hatten offenbar ihren Spaß. „Es funktioniert", hörte ich sie immer wieder fröhlich sagen.

Was aber soll da funktionieren? Hilfe! Nehmt mir bloß das Halsband ab!

Was ich zunächst als Kribbeln oder Kitzeln empfand, wurde immer stärker. Es dauerte zwar immer nur einen kurzen Augenblick, doch es tat schon bald höllisch weh. Ich hatte große Schmerzen.

Die Männer wollten irgend etwas von mir, wenn sie mir durch mein Halsband dieses schreckliche Stechen schickten.

Aber ich wusste einfach nicht, was sie wollten.

Manchmal dachte ich, wenn es auf der einen Seite pikt, soll ich vielleicht zu dieser Seite laufen. Wenn ich es tat, freuten sich die Männer. Aber schon kurz darauf stach es auf der anderen Seite.

Wenn ich das alles richtig verstanden habe, waren es Stromschläge, die so weh taten. Die Männer unterhielten sich, und ich habe das so verstanden, dass sie einfach zu faul waren, um mir zu sagen, dass ich rechts oder links entlang laufen soll.

Mit ihrem Funkgerät und den Stromschlägen konnten sie es sich ersparen, mit mir zu sprechen.

Ich glaube, ich hatte verstanden, was sie wollten. Aber ich fand das Ganze unglaublich pervers. Ich hätte mal sehen wollen, was die Männer gesagt hätten, wenn ich ihnen so ein Gerät angelegt hätte und statt zu bellen und mit dem Schwanz zu wedeln, wenn ich Hunger habe, ihnen einfach einen Stromschlag versetzt hätte.

Das Schlimme war – ich bin mir sicher, dass ich ihren Wunsch schnell verstanden und dass ich mich so verhalten habe, wie sie es wollten. Aber egal, ob ich ihre Befehle ausführte oder ob ich mich nicht nach ihren Wünschen verhielt. Sie ärgerten mich unentwegt mit diesem Halsband, das sooo weh tat. Jeden Tag. Und immer und immer wieder.

Alle meine Hoffnungen auf ein neues Leben waren mit diesem Halsband schnell wieder dahin. Wenn ich die Typen mit ihren Uniformen schon sah – und erst recht, wenn ich in den Raum musste, wo dieses Halsband lag – ich hätte laut jaulen und sofort wegrennen können.

Doch das Einzige, was ich machen konnte, war, mich auf den Boden zu legen und zu winseln. Wenn ich die Möglichkeit hatte, verkroch ich mich unter einen Tisch oder in eine Ecke.

Irgendwann, nach vielen, vielen Tagen, haben es die Männer wohl verstanden, dass es einen Zusammenhang gibt zwischen meinem Unbehagen, meiner Angst und diesem Halsband. Sie ließen es schließlich sein. Und kümmerten sich fortan nur noch wenig um mich.

Tagsüber konnte ich schließlich in meinem kleinen Haus bleiben, bekam regelmäßig zu fressen, hatte aber eine riesige Langeweile. Es kam nie jemand vorbei, außer wenn es was zu fressen gab. Kein Huhn, keine Katze, kein Hase, kein Mensch.

Manchmal hörte ich ein paar kleine Vögel zwitschern. Aber nur in der Ferne. Keine richtigen Hühner. Die Einzigen, die mich regelmäßig besuchten, das waren ein paar Fliegen.

Dass meine zweite Chance so aussehen würde, das hätte ich nicht gedacht. Ich wusste, was die Menschen wollen und was sie nicht wollen. Ich habe schnell gelernt, wie das Halsband, das mir so viele Schmerzen bereitete, funktioniert. Aber so schlecht konnten die Menschen doch nicht alle sein!

Das Teletakt-Erziehungshalsband

Tatsächlich gibt es neben „guten“ Erziehungshalsbändern auch das Teletakt-Erziehungshalsband mit Elektro-Reizen. Es wird noch immer gehandelt und in einer Grauzone zwischen Legalität und Illegalität genutzt. Beispielsweise wird versucht, den Hunden mittels Stromschlägen aus Halsbändern das unentwegte Bellen abzugewöhnen. Hier wird der Stromschlag mittels eines akustischen Sensors ausgelöst. Bellt der Hund, bekommt er umgehend einen Schlag.

Das deutsche Tierschutzgesetz trifft im Paragrafen 3, Absatz 11, folgende Aussage:

„Es ist verboten, ein Gerät zu verwenden, das durch direkte Stromeinwirkung das artgemäße Verhalten eines Tieres, insbesondere seine Bewegung, erheblich einschränkt oder es zur Bewegung zwingt und dem Tier dadurch nicht unerhebliche Schmerzen, Leiden oder Schäden zufügt, soweit dies nicht nach bundes- oder landesrechtlichen Vorschriften zulässig ist.“

So genannte „gute“ Erziehungshalsbänder funktionieren unter anderem auf der Basis von akustischen Signalen, die ein darauf trainierter Hund mit einem bestimmten erwünschten Verhalten verknüpft, bzw. verknüpfen soll. Doch auch diese Wirkung ist nicht unumstritten und wird von vielen Hundeausbildern abgelehnt.

Ich habe gehört, dass die Männer, die alle diese gleichen Sachen tragen, Polizisten sind und dass Polizisten eigentlich die Aufgabe haben, schlechten Menschen auf die Finger zu klopfen. Aber wenn Polizisten so etwas tun, dann sind sie doch selber schlecht. Oder?

Vielleicht gibt es ja wirklich auch bei den Polizisten solche und solche. Es gibt kluge und dumme Hunde. Es soll kluge und weniger kluge Lehrer geben. Auch kleine oder große Menschen können klug oder weniger klug, lieb oder weniger lieb sein. Genauso können große Menschen gut oder schlecht zu Hunden und Hühnern sein.

Bestimmt gibt es auch unter den Polizisten gute und weniger gute. Vielleicht waren diese Typen, die mit dem Halsband, ja die Ausnahme.

Eines Tages – ich wusste, dass die Polizisten mit mir nichts mehr vorhaben und dass ich möglicherweise wieder im Tierheim landen werde – bekam ich Besuch von einem Mann, den ich noch nie zuvor gesehen hatte. „Ich suche etwas Kleines", hörte ich ihn zu einem der Polizisten sagen, die mich immer geärgert hatten.

„Das ist Erna", sagte dieser. „Wir haben Erna aus einem Tierheim geholt. Dort haben sie die junge Hündin über den Klee gelobt. Sie sollte angeblich sehr klug sein. Sehr neugierig und sehr gelehrig.

Wir wollten sie zu einer Spezialagentin ausbilden, die wir fernlenken können; notfalls aus einem Hubschrauber heraus. Doch sie erwies sich als ein kleines Sensibelchen, das beim kleinsten Mückenstich umfällt."

Was für einen Blödsinn der da erzählte! Am liebsten hätte ich ihm das Halsband umgebunden, es unter Strom gesetzt und ihn ausgelacht.

Aber leider können wir Hunde das ja nicht. Dann hätte ich ihn auch verhöhnt – ein Polizist, der sich wegen eines Mückenstichs in die Hose macht. Ha, ha, ha!

Zum Glück hatte ich bei dem neuen Mann, der mich besuchte, wohl einen Stein im Brett. „Was war das für eine Ausbildung?", fragte der.

„Wir wollten ihn über ein elektrisches Halsband führen", so die Antwort.

„Das ist etwas, was mit mir nicht infrage kommt. Das ist Tierquälerei!" Sofort spürte ich, dass nun alles anders wird. Ich gab mir allergrößte Mühe, so sympathisch wie nur irgend möglich rüberzukommen.

Lebendig wollte ich wirken – aber nicht zu temperamentvoll. Ich achtete ganz genau darauf, wie schnell ich herumtrampelte und wie stark ich mit dem Schwanz wedelte. Ich zeigte dem Neuen, dass ich den Alten nicht leiden mag, dass ich aber für alles offen bin.

„Ich glaube, zwischen uns beiden stimmt die Chemie", bekam ich zur Belohnung gesagt. Und auch gleich ein Leckerli, wie ich es bisher noch nie erlebt habe. „Das ist er!", dachte ich sofort. Das ist der Mensch, von dem ich immer geträumt habe. Ein echter Hundeversteher. Einer, der es zu schätzen versteht, wenn sich unsereiner um ihn bemüht.

Den werde ich nie enttäuschen, schwor ich. Hoffentlich nimmt er mich!

Leckerli – nicht ganz unumstritten

Als „Leckerli“ bekannte „leckere“ Futter-Häppchen sind ein bewährtes Mittel in der Hundeerziehung. Bekommt das Tier unmittelbar nach erfüllter Aufgabe eine Belohnung, dann assoziiert dies schnell, dass die Aufgabe, deren Erfüllung und das Leckerli eine feste Einheit darstellen. Um so schneller die Belohnung erfolgt, um so besser verinnerlicht der Hund diesen Zusammenhang.

Gewarnt werden muss allerdings davor, dass Leckerlis zu oft und unüberlegt eingesetzt werden. Immer wieder zu beobachten ist, dass Hundehalter größere Mengen Leckerlis mit sich führen. Die Ausgangsüberlegung ist zwar meist richtig, nämlich das Tier bei Spaziergängen zu erziehen, ihm bestimmte Verhaltensweisen beizubringen. Doch dann wird Herrchen oder Frauchen oft schwach und versucht, sich mittels Leckerli einfach nur Zuneigung zu erkaufen. Dies kann zu ungewolltem Verhalten, beispielsweise Betteln des Tieres, führen.

Einige Hundeausbilder lehnen Leckerli sogar ganz und gar ab. Eine Alternative in der Ausbildung ist die Belohnung mit Spielzeug (auch Bringsel genannt). Hier wird der Spieltrieb, aber auch der Beutetrieb des Hundes für die Erziehung ausgenutzt.

Missverständnisse und Desinteresse

Wichtig ist der Zeitpunkt der Belohnung. Oft ergibt sich für den Hundehalter, der an einer bestimmten Verhaltensweise des Hundes interessiert ist, das Problem, dass der Hund die Zusammenhänge falsch verknüpft. So passiert es, dass Hunde nicht wirklich das Versteck suchen, sondern nur der Spur des Ausbilders folgen.

Es gibt Hunde, die mitbekommen, dass die Belohnung in der Tasche des Ausbilders ist. Nun ratet mal, wohin die Hunde als erstes laufen?

Desinteresse stellt sich ein, wenn das Tier müde wird. Gleiches passiert, wenn es dem Hund zu einfach gemacht wird und er einfach nur die Lust verliert. Auch wenn sich das Spiel zu oft wiederholt und der Hund deshalb die Lust verliert.

Für den Hund muss es immer spannend sein und er muss sich die Belohnung richtig erarbeiten. Dies erreicht man, in dem man die Suchobjekte und die Suchumgebung ständig wechselt. So sollte er mal klettern müssen, mal kriechen; mal im Wald, mal auf der Wiese suchen.

Unbedingt auf die Kondition des Tieres achten! Den Hund nicht ermüden! Sonst kann es passieren, dass er aufhört zu suchen und die Ausbildung ihr Ziel verfehlt.

Diese Fahrt werde ich nie vergessen! Es war die Liebe auf den ersten Blick zwischen mir und dem Mann. Ich ahnte, dass sich das Blatt für mich nun endlich wenden wird.

Paul war zwar auch Polizist, aber er war einer von den guten, wie ich später noch oft erfahren sollte. Die anderen waren froh, dass sie mich los waren. Und Paul war froh, dass er mich hatte. Er hatte mich befreit!

Auf der Fahrt zu sich nach Hause erzählte er mir alles, was ich wissen musste. Und was ich hören wollte. Dass er Hunde über alles mag. Dass er elektrische Halsbänder für ganz schlimm hält. Dass ich bei ihm auch ein eigenes Haus bekomme. Und dass er mich mit vielen interessanten Menschen zusammenbringt.

Und dass ich zu Schule komme. So, wie Fiete. Ich war schon richtig gespannt auf meine Schultasche.

Paul hat mir erzählt, dass ich lernen soll, etwas zu suchen, was gefährlich ist. Ich hatte vorher noch nie etwas davon gehört, und ich konnte mir überhaupt nicht vorstellen, wie das funktionieren soll.

„Sprengstoff" heißt das Zeug. Aber ich wusste weder wie das aussah noch wie man das finden konnte. Doch dazu sollte ich ja eine Schule besuchen.

Am Ende war alles viel einfacher als erwartet. Natürlich gibt es Dinge, die viel leckerer sind als Sprengstoff. Doch ich konnte mich immer auf meine Supernase verlassen, die mich dahinführte. Denn das Gute war, dass genau da, wo Sprengstoff versteckt war, zufällig auch immer Leckerlis herumlagen.

Vielleicht haben die Menschen das ja gar nicht gewusst. Aber ich habe in der Schule immer nach der Wurst geschnuppert; gar nicht nach dem Sprengstoff. Dass ich den dann zufällig auch gefunden habe, das nenne ich „das Glück des Tüchtigen".

Allerdings hat das nicht lange so funktioniert. Ich wusste genau, wann ich suchen sollte. Erst habe ich, wenn der Lehrer sagte „Such!", einfach die Wurst gesucht. Der dachte, ich suche nach Sprengstoff. Aber – was soll ich euch sagen – der Sprengstoff lag zufällig neben der Wurst.

Der Lehrer hat immer ein Riesenspektakel daraus gemacht und mich gelobt. Dabei war das so einfach.

Sprengstoff riecht zwar auch. Aber lange nicht so lecker wie eine Wurst. Bald wurden die Würste aber knapp. Ich wurde trotzdem immer wieder in einen Raum geschickt, in dem ich „suchen" sollte.

Meist war dann aber keine Wurst mehr zu finden. Ich merkte jedoch, dass die Wurst für den Lehrer gar nicht so wichtig war. Und weil sich der Geruch von Sprengstoff längst so sehr in meinem Gedächtnis festgebrannt hatte, fand ich natürlich schnell, was ich wohl finden sollte.

Der Job wurde mir auch ohne Wurst ziemlich versüßt. Denn immer, wenn ich erfolgreich war, gab es eine Belohnung. Ich kann euch nur raten: Wenn Ihr auch so eine gute Nase habt wie ich, werdet Spürhund!

Wir Hunde riechen ja viel besser als Menschen. Die Menschen freuen sich schon, dass sie Käse von Wurst am Geruch voneinander unterscheiden können. Oder eine Zwiebel von einer Rose. Wir aber können quasi alles erriechen, was Menschen voreinander verstecken.

Dass ich während meiner Schulzeit keine Schultasche bekam, das war nicht so schlimm. Ich glaube aber, dass ich nun für Paul ein richtiger Kollege war. Einer, der wichtig für seine Arbeit ist. Und der Dinge kann, die er und die anderen Menschen nicht können.

Ich wette, dass Paul nicht einmal den Sprengstoff finden würde, wenn eine Wurst daneben liegt.

Wo Paul arbeitete, waren auch sehr viele Polizisten. Doch nur ganz wenige außer Paul – um genau zu sein zwei – hatten einen Hund. Ich war der einzige Dackel. Die anderen beiden waren Schäferhunde. Aber ich verstand mich mit denen wunderbar.

Als ich von der Schule zurück war, nahm mich Paul immer mit zu seiner Arbeit. Ich hatte zwar mein kleinen Haus für mich alleine. Doch oft schlief ich bei Paul, in dessen Wohnung.

Wir waren ein richtiges Team. Oft war noch ein zweiter Menschen-Mann an Pauls Seite. Aber sein richtiger Partner, das war zweifellos ich.

Die Supernasen der Hunde

Wissenschaftler haben herausgefunden, dass Hunde bis zu hundertmal mehr Riechzellen haben als Menschen. Außerdem können sie bis zu 300 Atemzüge in der Minute machen. Ihr Hirn soll bis zu einem Viertel seiner Größe allein der Auswertung der Riech-Signale dienen. Das alles führt dazu, dass ein Hund eine Millionen Mal besser riechen kann als der Mensch.

Hunde können sogar die Richtung erkennen, aus der ein bestimmter Geruch kommt, oder in die er sich fortsetzt. Und zwar ohne Unterstützung des Windes. Sie riechen sozusagen „stereo".

Weil die Nase ein so wichtiges Sinnesorgan für Hunde ist, spricht man bei diesen Wesen auch von Nasentieren. Die Länge ihrer Nase ist übrigens in der Regel proportional zum Riechvermögen. Was nichts anderes bedeutet als: große Nase, gutes Riechvermögen.

An meinen ersten großen Einsatz kann ich mich noch genau erinnern. Die Polizisten in Pauls Dienststelle waren mit einem Male in großer Aufregung. Irgendeiner hatte bei ihnen angerufen und erzählt, dass er in einer Schule eine Bombe versteckt hat.

Es war keine Hundeschule, sondern eine Menschenschule. Als wir dort ankamen, war kein einziger Mensch mehr in dem großen Gebäude.

Die Mädchen und Jungen und auch die Lehrer standen alle auf dem Bürgersteig auf der anderen Straßenseite herum.

Ein Polizist war gerade dabei, ein weiß-rotes Band um die Schule herum zu ziehen.

Neben der Schule war ein Altenheim. Sogar die Omas und Opas, die da wohnten, waren alle hinaus, auf die Straße, gegangen.

Es war schon unheimlich. Paul und ich, wir waren wohl die einzigen, die keine Angst hatten. Das heißt, von Paul weiß ich das gar nicht einmal so genau. Aber ich erkannte schnell, dass ich zum ersten Mal ganz wichtig war.

Paul holte etwas aus der Tasche, das wie Sprengstoff roch, hielt es mir zum Schnuppern vor die Nase und gab das Teil einem anderen Polizisten.

Jetzt wurde es ernst. „Such!", sagte Paul. Und ich wusste: Das ist meine Stunde! Wir gingen in das große Haus hinein, in jeden einzelnen Raum. Überall sollte ich schnuppern. Es roch nach Pausenbroten und Kaugummi. Nach Cola, Fruchtmilch und Kaffee. Aber nach Sprengstoff roch es nirgendwo.

Ich hatte schon ein richtig schlechtes Gewissen, denn ich wusste ja, dass Paul mit mir zufrieden sein würde, wenn ich die Bombe finde.

Andererseits fragte ich mich natürlich auch, warum jemand in einer Schule eine Bombe verstecken sollte.

Am Ende brach Paul die Suche ab. Und gab mir trotzdem ein Leckerli. Ist das nicht ein toller Mensch? Offenbar war Paul mit mir zufrieden, obwohl ich gar nichts gefunden hatte.

Später hörte ich einmal, wie sich Paul und ein anderer Polizist unterhielten. „Wir haben herausgefunden, wer der Anrufer mit der Bombendrohung war", sagte der andere. „Es war ein Schüler, der Angst vor einer Mathearbeit hatte, die geschrieben werden sollte. Wir konnten das Telefon ermitteln, von dem der Bengel angerufen hatte."

Die Mathearbeit wurde dann am nächsten Tag geschrieben.

Bombendrohungen in Schulen und Kindergärten gehörten fortan zu den meisten Einsätzen, zu denen ich gerufen wurde. In Schulen kannte ich mich bald besser aus als in meiner Hundehütte.

Eine richtige Bombe fand ich allerdings nie. „Glücklicherweise“, muss man wohl sagen.

Allerdings dachte ich einmal, dass ein Schüler wirklich eine Bombe in seiner Schultasche mit herumschleppt.

Die Schule war wieder einmal geräumt, als wir ankamen. Die Schüler standen alle auf dem Schulhof. Paul führte mich ins Gebäude und an eine Stelle, an der ganz viele Schüler ihre Taschen abgelegt hatten, denn die Schultaschen blieben beim Alarm ja immer im Haus.

An dieser Stelle wurde ich fast wahnsinnig. Es roch nach allem, was man sich so gern in seinen Futternapf wünscht. Auf den Pausenbroten muss alles gelegen haben. Käse, Wurst, Schinken.

Aber aus einem der Ranzen roch es deutlich nach Bombe. Das bellte ich natürlich sofort zu Paul rüber. Der öffnete die Tasche. Griff rein. Und hatte eine Pistole in der Hand. Eine Schreckschusspistole, wie er sofort erkannte.

Ob der Schüler, dem diese Tasche gehörte, auch der war, der mit einer Bombe gedroht hatte, habe ich nie erfahren. Ich weiß jedoch, dass er riesengroßen Ärger mit dem Schulleiter, der Polizei und auch mit seinen Eltern bekam.

Schreckschusspistolen spürte ich mehrere auf. Vielleicht waren sie es, mit denen ich die Polizisten im ganzen Land beeindruckt habe. Denn diese waren alle überzeugt, dass ich es kann.

Einmal gab es sogar einen riesigen Medienrummel um mich. Der Journalist einer Zeitung hatte einen Einsatz beobachtet. Damals waren zwei weitere Sprengstoffspürhunde dabei.

Während des langen Einsatzes in einem Hafen, ordnete der Einsatzleiter immer wieder eine Pause an, in der wir drei beweisen sollten, dass wir tatsächlich Sprengstoff finden können.

Die beiden Schäferhunde machten irgendwann schlapp und mussten aufhören, bevor die Hafenbereiche alle überprüft waren, die wir abschnuppern sollten. Ich aber

Außenministerstab forderte „den Besten" an – es war Erna

Schwerin (sn) Für den Besuch des Bundesaußenministers im Schweriner Schloss bestand der Sicherheitsstab des ... sicher nicht glauben, dass aus ... Dackel für seine Sicherheit ... sollte. Doch schon ...

Sprengstoffsuchhündin Erna
Keine kann es so gut wie sie

acht lobte der Bundeskanzler immer wieder das Temperament und die Treffsicherheit der kleines Sicherheits"expertin" Erna. Die kleine Dackeldame gilt als die beste Waffen- und Sprengstoffsuchhündin Mecklenburg-Vorpommerns. Ihre Zuverlässigkeit hatte sie in zahllosen Einsätzen bereits bewiesen. Nun überlegt der Sicherheitsstab des Bundeskanz-

Spürhündin "Erna" - klein aber oho!

Die Drahthaarteckel-Mischlings-Hündin "Erna" gehört sicher zu d... Polizeihunden Deutschland... Einsätze im Zusammenha... bendrohungen verhalfen ... halbjährigen Hündin aus ... geholt. Sie ist aufgeweckt und neugierig

Bombendrohung gegen die Uni
200 Menschen mußten aus dem Hauptgebäude evakuiert werden

Stadtmitte. Große Aufregung gestern in der Uni: Kurz vor 14 Uhr sperren mehrere Polizei-Einsatzfahrzeuge den Platz vor dem Gebäude ab. Bürger werden aufgefordert, sich bis zum Brunnen der Lebensfreude zurückzuziehen. Die 1419 gegründete Alma Mater, in der sich über 200 Menschen befinden, wird im Verlauf weniger Minuten evakuiert. Was war geschehen?

Gegen 13.25 Uhr klingelt in der Hauptzentrale der Rostocker Polizei das Telefon. Ein Unbekannter droht: „Um 14 Uhr geht im Hauptgebäude der Universität eine Bombe hoch!"

Eine halbe Stunde lang durchsuchen Polizisten daraufhin die Räume des Gebäudes. Um 14.30 Uhr dann Aufatmen: „Der Anruf war offensichtlich nicht ernst gemeint", sagt Polizeioberkommissar Klaus-Dieter Großgeorge erleichtert.

Auch Polizeihauptwachtmeister Norbert Katins ist inzwischen mit seinem „Bombenschnüffelhund" ...

Fehlt bei keiner Suchaktion: Erna – der berühmteste Spürhund von ...

Erna suchte erneut nach Sprengstoff

SÜDSTADT. Auf Suche nach möglichem Sprengstoff war gestern vormittag wieder Spürhündin Erna von der Polizei. Gegen 10.20 Uhr hatte ein offenbar verärgerter Anrufer dem Zollamt Rostock in der Südstadt mitgeteilt, er wolle „den ganzen Apparat in die Luft sprengen". Die Zollmitarbeiter im Abfertigungsgebäude nahmen den Anruf ernst und informierten ...

Erna erlöste 250 Senioren aus ihrem Trauma

Neubrandenburg (sn) Weit mehr als 200 Senioren mußten gestern früh ihre Zimmer in einem Neubrandenburger Pflegeheim ... Helfer der Feuerwehr und den ... als Erna kam, vertrauten die Omas und Opas den Helfern. Die kleine Dackelhündin ... Rostock wirkte auf die Alten sichtlich wie eine Therapeutin.

So oder ähnlich berichteten viele Zeitungen und Zeitschriften über die Polizeihündin Erna.

fand die versteckte Probe auch noch nach Stunden.

Der Journalist hat danach nur knapp über den Einsatz berichtet, dafür aber eine halbe Zeitungsseite lang über mich. Oben drüber stand: „Keiner kann es so gut wie sie."

Ihr könnt euch bestimmt vorstellen, wie stolz mich das gemacht hat. Ich kann zwar nicht lesen, aber dass diese Überschrift das Thema Nummer eins und ich der Star war, das bekam ich natürlich schnell mit.

Und es bekamen auch andere mit. Vor allem auch andere Journalisten. Ihr glaubt ja gar nicht, was da mit einem Male losging. Wirklich! Dauernd kamen Fotografen oder Frauen und Männer mit Stift und Papier. Sie knuddelten mich zuerst und fragten Paul danach Löcher in den Bauch.

Zuerst war es Paul und mir richtig peinlich. Doch am Ende hat es sich für uns beide ordentlich ausgezahlt.

Ich weiß noch, wie auf dem Polizeirevier einmal einer reinkam und sagte, dass ein Helmut Kolt oder Hartmut Kohl, oder so ähnlich, zu Besuch kommen soll. Der muss unglaublich wichtig gewesen sein.

Später erfuhr ich, dass er so etwas wie ein König – na ja, zumindest der wichtigste Mann, also der Chef von wirklich allen Hunden und Menschen im Land gewesen sein soll.

Wo der hintrat, durfte natürlich kein Sprengstoff rumliegen. Er traf sich mit seinen Freunden in einer Nobelkneipe in der Stadt.

Vorher durchkämmten zwei Dutzend Sicherheitsexperten die Gaststätte, die Küche, alle Nebenräume und auch die ganze Gegend rundherum. Unter diesen Experten waren natürlich auch Paul und ich.

Für mich war es inzwischen ja schon ein Routineeinsatz. Aber etwas, was wie Sprengstoff riecht, fand ich auch dort nicht. Das einzige, womit jemand den Kohl offenbar ärgern wollte, das war eine alte angeschimmelte Scheibe Jagdwurst, die irgend jemand hinter einem der Küchenschränke versteckt hatte.

Doch auch hierbei gab es viel Lob für mich. Diesmal von allerallerhöchster Stelle, denn auch hier hatte Paul immer mal zwischendurch getestet, ob ich Sprengstoff noch riechen kann. Und damit alle beeindruckt.

Die Gehilfen vom Kohl verlangten sogar, dass Paul immer mal zeigt, dass ich es kann. Einmal hatte ich sogar einen von diesen Männern in Verdacht. In seiner Nähe roch es verdammt stark nach Sprengstoff.

Ich war mir nicht ganz sicher, ob ich den anknurren und damit einen Fund anzeigen sollte. Denn er war es eigentlich, der mich wohl am tollsten fand.

Knurre ich ihn an, so dachte ich, dann ärgert er sich vielleicht über mich. Lass ich es sein und er ist vielleicht ein Spitzbube, dann glaubt kein Mensch und kein Hund mehr, dass ich so gut bin, wie alle es erzählen.

Ich entschloss mich zu meiner ganz persönlichen Salamitaktik. Als Paul mir ein Leckerli für zwischendurch gab, brachte ich es zu dem Mann, der auch ein Spitzbube sein könnte, legte es vor seine Füße und hielt mich daran ganz, ganz lange auf.

Das merkte der Mann, der ein Spitzbube sein könnte, kniete sich auf Dackelhöhe herunter und streichelte mich.

Das war mein Moment! Ich sprang ihn an, steckte meine Nase schnell wie ein Blitz in seine Jackentasche, die so auffällig roch. Der Mann wollte mich abhalten, ihm an die

Wäsche zu gehen. Griff in die Tasche und holte tatsächlich zwei Patronen heraus.

Die anderen Männer, die das alles beobachtet hatten, waren mit einem Male außer sich vor Freude. Es sah so aus, als dass der Mann doch kein Spitzbube war. Er durfte wohl mit Sprengstoff umherlaufen. Und der Kohl hatte offenbar keine Angst vor ihm.

Ich glaube, dies war eine meiner wichtigsten Entscheidungen. Hätte ich in seiner Jackentasche eine alte Jagdwustscheibe gefunden, dann wäre das wahrscheinlich auch nicht weiter schlimm gewesen. Doch die Patronen haben den anderen gezeigt, dass ich nicht nur die Sprengstoffproben erkenne, die Paul für mich mit sich herumschleppt.

Vielleicht hat er die Patronen ja sogar mit sich herumgetragen, um mich zu testen. Vielleicht hat er sich ja zuerst so viel mit mir beschäftigt, um mich sozusagen auf die Spur zu locken. Ich weiß es nicht.

Wenn die ganz Großen kommen

Tatsächlich werden bei Staatsbesuchen nur die zuverlässigsten Spürhunde eingesetzt, um die Orte, an denen sich die Staatsoberhäupter aufhalten, „abzuklären".

Als sich in Heiligendamm bei Rostock einmal die Staats-Chefs der acht wichtigsten Industrienationen zu Gesprächen trafen, wurden die besten Waffen- und Sprengstoffsuchhunde aus allen deutschen Bundesländern angefordert. Etwa 30 Spezialhunde hatten in jenen Tagen Schwerstarbeit zu leisten.

Selbst als sich die amerikanische Präsidentengattin in eine benachbarte Stadt begab, suchten Sprengstoffhunde dort die Kirche nach gefährlichen Stoffen ab.

Der Job in der Edelgaststätte war für mich der absolute Durchbruch. Als wir nach Hause gingen, war Paul so glücklich, wie ich ihn noch nie gesehen hatte. Immer wieder knuddelte er mich und sagte: „Du warst Klasse, Erna! Wirklich! Einfach Klasse!"

Natürlich weiß ich, dass so ein Einsatz für uns beide wichtig war. Auch für Paul.

Für mich ging es immerhin darum, dass ich nie wieder in ein Tierheim oder in eine Menschenfamilie muss, in der mich nur Rumgemecker erwartet. Und darum, dass ich überall freundlich begrüßt werde.

Egal, ob wir zu einer Bombendrohung in einer Schule, auf einem Bahnhof oder in einem Altenheim gerufen wurden – überall waren Kinder, Omas und Opas oder Schaffnerinnen, die sich schon freuten, wenn sie uns von weitem sahen.

„Das ist Erna?“, hörte ich oft. Oder: „Täusch' dich mal nicht! Die Größe hat überhaupt nichts zu sagen!“ Oder: „Das ist der berühmteste Dackel der Welt.“

Leider musste ich auch erfahren, dass Berühmtheit nicht nur toll ist. Mit einem Male wollten mich viele andere von Paul trennen. Sie wollten mich kaufen, einfach so versetzen oder tauschen. Tauschen! Das muss sich ein Dackel mal vorstellen!

Einmal kam eine Frau und wollte Paul eine Pudeldame andrehen.

„Was ein oller Dackel kann, das kann meine Sissi schon lange“, sagte die Frau. Sie wollte ihre Sissi aber nicht wirklich hergeben, sondern nur von Paul ausbilden lassen. Und dabei war ihr auch egal, ob Sissi

Sprengstoff findet oder die Wäsche aus ihrer Waschmaschine holt. Alles, worauf es dieser Frau ankam, war wohl, dass ihre Pudeldame auch berühmt wird.

Sie hat auch fürchterlich angegeben, dass ihre Sissi kürzlich beim Pudelfrisieren den Publikumspreis für die schönste Schleife im Haar bekommen hatte.

Mich hat es immer höchst traurig gestimmt, wenn ich solchen Pudeldamen mal begegnet bin. Für mich sahen diese Artgenossinnen immer gar nicht aus wie ein Hund. Wenn man sie aber mal näher kennen lernen durfte, dann hat man oft gemerkt, dass der Schein trügt und es trotz ihres Aussehens ganz nette Wesen sind.

Einige von ihnen machten diesen Zirkus auch sehr gerne mit. Dabei kann ich mir überhaupt nicht vorstellen, dass das irgendwie angenehm sein kann; geschoren zu werden wie ein Schaf und anschließend völlig nackt oder halbnackt in der Gegend umherzulaufen.

Selbst dann nicht, wenn man ein Höschen oder so was Ähnliches angezogen bekommt.

Ich weiß, dass dies beileibe nicht alle Pudeldamen toll fanden, wenn ihre Frauchen so ein Heckmeck mit ihnen veranstalteten. Heute sieht man so etwas ja zum Glück nur noch selten. Fast gar nicht mehr.

Überhaupt finde ich es abartig, wenn Menschen an uns herumschnippeln. Die Geschichte mit den Boxern unter den Hunden ist ja inzwischen erfreulicherweise auch nicht mehr in Mode.

Früher hat man fast allen Boxern ein Stück ihres Schwanzes abgeschnitten. Wirklich! Und oft auch ein Stück ihrer Ohren. Die Menschen hatten sich immer damit rausgeredet, auf diese Weise irgendwelchen Krankheiten vorzubeugen.

Da sieht der Boxer wegen seines platten Gesichtes ohnehin schon aus, als sei er vom zehnten Stock aus dem Fenster gefallen und auf seiner Schnautze gelandet, und dann verschandelten ihn die Menschen noch an Schwanz und Ohren!

Das waren wirklich schlimme Schicksale. Da bin ich doch lieber ein Dackel, der vom Hühnerhof gejagt wird. Heute dürfen die Boxer wieder offen ihre langen Ruten nach oben strecken und mit ihren Ohren wackeln.

Dass Paul darauf nicht einging, und vor allem, dass er mich nicht eintauschte, rechne ich ihm hoch an. Aber etwas anderes hätte ich auch gar nicht erwartet. Mit der zickigen Pudeldame hätte er sowieso nichts anfangen können.

Ich weiß inzwischen auch, dass er für sein Leben gern zu Hundeausstellungen geht. Aber nie zu solchen, bei denen die Frauchen mit den Frisuren ihrer vierbeinigen Gefährten um die Wette angeben.

Einmal dachte ich aber trotzdem, es ist vorbei mit dem „Dreamteam Erna/Paul“. Ein paar Tage nach meinem Einsatz in der Kneipe von Kohl kamen zwei Männer zu uns und verlangten von Paul, dass sie mich mitnehmen dürfen. Sie waren ziemlich energisch und dachten wohl, dass dies die einfachste Sache der Welt sei.

Paul enttäuschte mich nicht und sagte natürlich: „Nein! Für keinen Preis!“ Aber die Männer gaben nicht nach.

Wenn Paul den Hund nicht hergibt, dachten sie wohl, dann macht es bestimmt der Mann, der zu Paul immer sagt, was der am Tag so machen soll. Der heißt „Chef“.

Doch Chef sagte zum Glück auch nur: „Das können Sie nur mit meinem Kollegen selbst besprechen. Ich denke aber, Ihre Chancen sind nicht sehr gut.“ Paul sei der Vorgesetzte von Erna. Beide mögen sich. Und wenn Paul „nein“ sagt, dann heißt es auch „nein“.

Das war noch einmal gut gegangen!

Zuverlässigkeit ist das A und O

Für den Polizeidienst werden ausschließlich wirklich zuverlässige Hunde eingesetzt.

An die Ausbildung für Sprengstoffsuchhunde werden hohe Ansprüche gestellt. Ebenso auch an die Hundeführer. Die Polizei legt bei ihrer Auswahl der Hundeführer Wert auf deren Erfahrungen. In der Regel besuchen sie einen Grundlehrgang, der – abhängig vom jeweiligen Bundesland – etwa zwölf Wochen dauert.

Nach diesem Grundlehrgang dürfen die Hunde eingesetzt werden – vorausgesetzt, Hundeführer und Hund haben den Lehrgang bestanden. Danach wird eine regelmäßige Weiterbildung gefordert. In den meisten Ländern ist sogar ein jährlicher Weiterbildungslehrgang mit Jahresüberprüfung die Regel. Hund und Hundeführer gelten als Team.

Ziel ist immer eine so gründliche und zuverlässige Absuche des zu sichernden Objektes, dass der Raum im Anschluss wirklich als sicher gelten kann. Zum Teil werden die Räume danach noch durch weitere Maßnahmen gesichert. Bekannt wurde beispielsweise, dass bei einem Deutschlandbesuch des amerikanischen Präsidenten nach dem Einsatz der Hunde alle Gullydeckel verschweißt wurden, die sich im Bereich dessen Aufenthaltsortes befanden.

Munition, Waffen oder Sprengstoff zu suchen, hat mich zwar berühmt gemacht. Aber ich verspreche euch: Ich bin ganz froh, dass ich dieses Elend nicht jeden Tag mitmachen musste und dass das Getöse um den Sprengstoff am Ende meist spannender war als das Ergebnis der Sucherei. Bei den Einsätzen gab es immer Menschen, die Angst hatten. Oft sah ich sogar welche, die weinten.

Weil am Ende in der Regel jedoch alles gut ausging, war die Zeit direkt nach den Einsätzen immer schön. Es gab Leckerlis, Streicheleinheiten und liebe Worte.

Doch es gab auch andere Einsätze, solche, die mir zu schaffen machten.

Einmal wurde die Polizei gerufen, weil ein Kind verschwunden war. Von einem Bauernhof.

Eigentlich sollte das gar nicht mein Job sein, denn zwei Schäferhunde, die darauf spezialisiert waren, Fährten zu verfolgen, waren auch noch da. Ich kam eher rein zufällig mit dazu, weil Paul gerade mit mir in der Nähe war.

Am Anfang war es ein richtig schöner Tag. Ich hatte bei Paul geschlafen, und nach dem Frühstück, bei dem es lecker Hundefutter mit Lammfleisch und Reis gab, gingen wir zu meiner Hütte. Dort konnte ich mich toll austoben, denn weit und breit war nichts, was mich störte.

Ich weiß noch, wie es aus einem Mauseloch sehr komisch roch und Paul mich bremsen musste, weil ich um das Loch herum den halben Garten umgepflügt hatte.

Am Ende hatte ich die Maus im Maul,

aber sie war schon tot. Dabei hätte ich so gern mit ihr gespielt.

In meinem Garten, oder besser in Pauls Garten, war ich sehr gern – vorausgesetzt, ich musste dort nicht unbedingt tagelang allein sein. Das kam zum Glück nur äußerst selten vor. Höchstens mal, wenn Paul zur Schule musste – also zu einer Schule für solche Leute wie Paul. Nicht so eine Schule, in der ich eine Bombe suchen lernte.

Als wir an diesem Tag im Garten so richtig rumtobten, klingelte das Telefon. Drei Kilometer weiter wurde ein vierjähriges Kind vermisst. Wir also dort hin.

Es war ein Bauernhof und die Menschen dort waren total aufgeregt. Der kleine Junge spielte oft allein auf dem Hof, aber immer in Sichtweite eines der großen Menschen. Jetzt war der Kleine plötzlich verschwunden, und alle dachten, dass er einfach weggelaufen war.

Nur ein kleines Stück vom Bauernhof entfernt begann ein Wald, und alle glaubten, dass der Junge in den Wald gegangen war. Vielleicht hat er ja ein interessantes Tier beobachtet, vermuteten sie. Im Haus hatten sie schon alles abgesucht. In alle Räume, in alle Kammern geschaut.

Die beiden Schäferhunde, die auch gekommen waren, bekamen Sachen von dem Kleinen unter die Nase gehalten und schwirrten gleich aus.

Der kleine Dennis, so hieß er, muss an jenem Tag aber wirklich in jeder Ecke des Hauses gewesen sein. Zum Wald führte wohl keine Spur. Zumindest erschnupperten die beiden Schäfis keine.

Paul war auch ratlos. Da gab er mir auch eine Nase voll zu schnuppern von Dennis' Sachen.

Ich roch das auch, dass der Kleine überall gewesen sein muss. In allen Ecken roch es nach Dennis. Aber dann führte doch eine Spur vom Hof weg, hinter das Haus. Ich merkte, dass diese Spur sehr frisch war und zerrte Paul regelrecht in den kleinen Garten, der dort war.

Was wir dann erlebten, möchte ich an dieser Stelle nicht weiter ausmalen. Dennis lag regungslos auf dem Boden. Sein Gesicht in einer Pfütze.

Paul erzählte öfter, dass er bei seiner Arbeit dem Tod schon mehr als nur einmal begegnet sei. „Es ist jedes Mal wieder schlimm", sagt er. „Aber der Tod ist nun einmal Teil unseres Lebens. Als Polizist hast du aus verschiedenen Gründen mit ihm zu tun." Oft erweisen sich Todesfälle als ganz normale Dinge.

Die Polizei wird gerufen, weil diejenigen, die den Toten entdecken, einfach sicher gehen wollen, nichts falsch zu machen. Menschen saufen sich mit Alkohol zu Tode. Oder sie sterben, weil ihre Zeit einfach gekommen ist.

Tragisch sind Verkehrsunfälle oder Todesfälle auf Baustellen.

Auch mit kapitalen Verbrechen hatte es Paul mehr als einmal zu tun. Mit Mord und Totschlag. „Das alles musst du irgendwie verkraften, wenn du den Job machen willst", sagt er. „Aber wenn es ein Kind trifft – das ist nur sehr schwer zu ertragen. Eigentlich gar nicht. Und jedes Mal frage ich mich dann, ob ich weitermachen soll, weil es mir so nahe geht. Aber einer muss diesen Job ja machen."

Paul träumte immer davon, etwas ruhiger zu leben. Von seinem Vater hatte er das schöne Handwerk des Imkers erlernt. Und irgendwann hatte er sich auch ein paar Bienenvölker angeschafft. Das sind die kleinen Summsies, die auch mal ordentlich zustechen können, wenn du sie ärgerst.

Mir hat mal eine Biene mitten in die Schnauze gestochen. Ich kann euch sagen! Seid bloß vorsichtig!

Paul erzählt jedoch immer, dass die possierlichen Tierchen gar nicht so gefährlich sind. Und wenn ich unbedingt auf ihnen herumkauen muss, dann sei ich selber schuld. Na, ich weiß nicht.

Paul meint, Wespen sind viel gefährlicher. Die sind streitsüchtig und legen es regelrecht mit Menschen und Hunden an. Bienen wollen aber nur in Ruhe gelassen werden.

So, wie Hummeln auch. Fiete und Jule hatten immer gesagt: „Hummeln sind kleine fliegende Teddybären." Und Jule hat sogar öfter mal so einen kleinen Teddybären von einer Blüte gepflückt und mit ihren Händen eine Höhle geformt, in der sie die Hummeln umhergetragen hat.

Fiete wollte das auch einmal machen. Doch irgendwie war er wohl zu ungeschickt. Ihn hatte die Hummel da ordentlich gezwickt.

Manche Menschen sagen ja sogar, dass Hummeln die Pazifisten unter den stechenden Insekten sind und ihren Stachel nur im allergrößten Notfall und nur aus Verteidigungsgründen einsetzen.

Solche Notfälle bestehen, wenn eine Hummel gequetscht wird, wie es wohl Fiete getan haben muss. Oder wenn sie ihr Nest in Gefahr sehen, wenn sich ein Hund –

oder ein Mensch – in der Einflugschneise ihres Nestes befindet.

Paul hat viele Jahre darüber nachgedacht, was wohl besser für ihn ist. Polizist sein oder Imker? Imker ist nicht so gefährlich, aber ich möchte eigentlich, dass er Polizist bleibt. Denn ich konnte mir vorstellen, dass es mit mir und den Bienen auf Dauer nichts geworden wäre.

Wenn Paul anfangen würde, Hühner zu züchten – das wäre etwas ganz anderes. Doch ich habe keinen Weg gefunden, ihm das irgendwie zu erklären. Auf dem Hühnerhof hatte es mir immer sehr gut gefallen.

Hunde und stechende Insekten

Es ist immer wieder zu beobachten, dass insbesondere junge Hunde gern mit Bienen oder Wespen spielen. Auch mit Hummeln, Schmetterlingen – und eigentlich mit allem, was in dieser Art herumfliegt.

Insektenstiche sind auch für Hunde sehr schmerzhaft und können für sie im schweren Fall sogar eine Lebensgefahr darstellen.

Doch auch hier zeigt sich, wie gelehrig Hunde sind. Denn nach dem ersten Stich halten sie in der Regel erst einmal Abstand. Sie erkennen schnell, dass das Spiel mit einer Wespe auch schmerzhaft enden kann.

Sticht das Insekt den Hund ins Maul oder in den Rachen, dann kann dies zu Schwellungen kommen, die die Atmung erheblich erschweren.

Wie beim Menschen, sind auch bei Hunden allergische Reaktionen möglich.

Ich könnte mir für Paul sehr viele Jobs vorstellen. Am liebsten natürlich solche, bei denen er an meiner Seite bleibt. Außer einen vielleicht. Seemann – das wäre nichts für ihn. Oder besser, nichts für mich.

Mir ist heute noch schlecht, wenn ich daran denke, wie ich mal auf eine riesengroße Fähre gerufen wurde. Ich war am Ende richtig seekrank.

Die Fähre war gerade neu gebaut worden, sollte auf Jungfernfahrt gehen, und alle Welt hatte damals besonders große Angst vor Terroranschlägen.

Sie riefen also Paul und – wie könnte es anders sein – vor allem mich. Was passiert, wenn so ein Ding in die Luft fliegt, kann sich ja jeder ausmalen.

Aber habt Ihr so ein Teil schon mal in Natur gesehen? Eine Fähre von der Art, wie sie zwischen Rostock und Trelleborg unterwegs sind? Oder zwischen Lübeck und Helsinki? Ein Riiiesenteil!

Wo willst du da anfangen zu schnuppern? Da ist eine Schule oder ein Altenheim ein Klacks dagegen! Schon da ist es für einen Sprengstoffsuchhund fast unmöglich, alles allein zu beschnuppern. Selbst für einen wie mich.

Eine Hochseefähre ist dagegen ja eine richtige kleine Stadt.

Ich will es gleich vorweg nehmen und verrate euch: Ich habe das nicht gepackt.

Normalerweise schnüffelt ein Hund eine Viertelstunde. Dann benötigt er eine längere Pause. Eine Stunde ist durchaus normal. Ich konnte manchmal länger hintereinander schnüffeln und brauchte meist nur 30, 40 Minuten zur Erholung.

Aber die Fähre war die Härte. Nicht nur, weil sie so groß war, sondern auch, weil sie so geschaukelt hat. Ich wurde seekrank und wollte mich am liebsten aus dem Staub machen. Paul sagt zwar, er versteht das nicht. Die Fähre habe doch gar nicht ge-

---

Hunde können seekrank werden

So, wie Hunde unterschiedlich aufs Automitfahren reagieren, können sie auch beim Bootfahren sehr gestresst sein.

Es gibt Berichte, die belegen, dass Hunde auch auf großen Fähren bzw. langen Fährüberfahrten ungeduldig, auffallend unruhig und sogar seekrank werden.

An Fahrten mit kleinen Wasserfahrzeugen können Hunde gewöhnt werden, indem maßvoll, d.h. mit kurzen Ausflügen und auf möglichst ruhigem Wasser begonnen wird, bevor eventuell längere Fahrten unternommen werden.

Der Tierarzt hat sogar Tabletten gegen Seekrankheit in seinem Arzneischrank.

schaukelt. Nur die Wellen peitschten ordentlich, und ich könnte das mit meinen kurzen Beinen gar nicht gesehen haben. Doch mir war trotzdem schlecht.

Dabei habe ich bei solchen Einsätzen immer riesengroßen Spaß. Ich weiß ja, dass für Paul meine Zuverlässigkeit an erster Stelle steht, und ich will ihn doch auf keinen Fall enttäuschen.

Ihr wisst ja: Für mich ist es in Wirklichkeit immer nur das Spiel „Suchen/Leckerli". Auf der Fähre war mir dann aber auch nicht mehr nach Leckerli zumute.

Wir haben den Einsatz dann irgendwann abgebrochen. Trotzdem haben alle gestaunt, wie ich mitgespielt habe. Immerhin hat Paul auch dort unser Spielchen mit den Geruchsproben vorgeführt, die ich immer zuverlässig fand.

Die gesamte Fähre haben wir jedoch nicht durchsucht. Aber ich denke, die wichtigsten Bereiche, denn die Leute schienen durchaus mit mir zufrieden zu sein.

Wenn Sie mal auf die Fähre steigen

Stichwort: Haustierausweis. Alle Hunde, Katzen und Frettchen, die innerhalb der EU-Mitgliedsstaaten reisen oder in die Gemeinschaft wiedereingeführt werden, müssen per Heimtierausweis identifizierbar sein. Den Ausweis muss sich der Reisende in seinem Heimatland ausstellen lassen. Der alte internationale Impfpass entfällt, da Impfungen und andere Untersuchungen im Haustierausweis eingetragen werden.

Erkundigen Sie sich gegebenenfalls über Aktualisierungen, Veränderungen oder Wegfall der Bestimmungen!

Ebenso über spezielle Vorschriften anderer Länder. Norwegen beispielsweise hat seine Bestimmungen dem Regelwerk der EU angepasst.

Da sind mir Bahnhöfe ehrlich gesagt lieber. Ich weiß nicht, warum das so ist, aber Strolche und Spitzbuben verstecken gern mal irgendwas auf einem Bahnhof und behaupten dann zum Beispiel, es ist eine Bombe, die gleich hochgehen könnte.

In Rostock musste wegen so einem Unsinn mal der ganze Hauptbahnhof evakuiert werden. Stundenlang konnten die Fahrgäste nur über einen Notbehelf aus Brettern zu den Bahnsteigen gelangen.

Die Bereiche, in denen Schließfächer stehen, in die jeder, der will, seinen Koffer einschließen kann, wurden weit abgesperrt. Ein Mann hatte sich zuvor per Telefon bei der Polizei gemeldet und erklärt, dass er eine Bombe in einem solchen Schließfach eingeschlossen hat. Er könne sie jeder Zeit explodieren lassen.

In einer Zeit, in der es auf der Welt immer mehr Terrordrohungen gibt, darf man so etwas natürlich nicht auf die leichte Schulter nehmen. Weil die Experten nun aber nicht alle Schließfächer knacken wollten, brauchten sie also wieder mal eine Supernase. Und so klingelte wieder mal Pauls Telefon.

Paul griff sich, wie meist bei solchen Anrufen ins Haar, holte die Riechprobe aus der Metallschachtel in seinem Küchenschrank, und ich wusste, dass es wieder so weit war. Hoffentlich vergisst der bloß nicht die Leckerlis, dachte ich nur und ließ mir die Leine anknipsen.

Auf dem Bahnhof herrschte, wie an jedem Einsatzort, gespannte Ruhe. Kein

Fahrgast. Nur rot-weiße Bänder und mit einem respektvollen Abstand zwei Typen mit Fotoapparaten.

Ich kannte sie, denn sie hatten mich beide schon einmal fotografiert. Als sie mich sahen, warfen sie mir ein freundliches Nicken zu, was wohl so viel heißen sollte wie: „Na, wenn du kommst, Erna, dann wird das hier ja bald ein schnelles Ende haben."

Die hatten gut Lachen! Etwas durch metallische Schließfächer hindurch zu erschnuppern, ist gar nicht so leicht. Paul führte mich an den unteren Reihen entlang und nahm mich schließlich auf den Arm. Aus den Ritzen roch es nach den unterschiedlichsten Dingen. Dann auf einem Male . . . Hatte Paul seine Riechprobe bei sich? Ich schnupperte ihn ab. Da war nichts. Paul hatte auch keine Pistole bei sich.

Irgend etwas in dieser Art lag in der Luft. Ich bellte und zeigte damit an, dass Paul noch einmal ein paar Schritte zurückgehen sollte. Der Geruch wurde wieder stärker.

Zur selben Zeit, so hörte ich später, saß ein Freund von Paul auf seinem Balkon. Fünf Kilometer von den Schließfächern und dem Bahnhof entfernt. Der Freund hatte im Radio gehört, dass der Bahnhof gesperrt ist und eine Bombe gesucht wird.

Er war gerade beim Kaffeetrinken. Da rumste es kräftig aus Richtung Bahnhof. Die Bombe ist hochgegangen, dachte der Freund. Doch wie sich schon bald herausstellen sollte, gab es an diesem Tag tatsächlich das einzige Erdbeben in der Gegend seit -zig Jahren. Und auch danach hat die Erde in Rostock wohl nicht noch einmal so gebebt.

Wir hatten von diesem Erdbeben überhaupt nichts mitbekommen. Immer noch aber roch es nach Sprengstoff. Und ich entschloss mich für ein ganz konkretes Schließfach, aus dem der Geruch meiner Meinung nach kam.

Paul winkte seine Kollegen heran. Die kamen mit schweren Helmen, schwerer Schutzkleidung und Handwerkzeug.

Als sie sich entschlossen hatten, das Fach zu öffnen, kam tatsächlich ein Paket mit Munition zum Vorschein. Es hatte, wie sich später herausstellen sollte, einem Sportschützen gehört.

Wir suchten dann noch weiter. Doch eine Bombe fanden wir nicht.

Außer dem Erdbeben hat es an diesem Tag wohl keinen Grund zur Aufregung in der Stadt gegeben.

Tage, an denen ich versteckt Bomben suchen oder für die Sicherheit von Königen und Präsidenten sorgen musste, gehörten zwar zu meinem Berufsalltag. Aber oft waren da auch andere Tage dazwischen, an denen ich solche Aufgaben nicht hatte.

Damit ich fit bleibe, hat Paul mit mir zwischendurch immer mal Bombenalarm gespielt. Einfach so, aus Spaß und Dallerei.

Oft gingen wir gemeinsam spazieren. Wir wohnten ganz nah an der Ostsee, und weil Paul die salzige Luft, die vom Meer immer zu uns rüberwehte, über alles liebte, gehörten Spaziergänge zum Strand zu unserem Standardprogramm.

Ich liebe das Meer und die salzige Luft auch. Vor allem liebe ich es, wenn die Wellen Schaum bilden. Das pikselt so schön, wenn man da die Nase reinsteckt. Probiert das mal aus! Ihr werdet sehen, wie lustig das ist.

Mir machte es immer großen Spaß, ins Wasser hinein zu springen. Paul wusste das, und er warf bei jedem unserer Spaziergänge immer wieder kleine Stöckchen ins Wasser.

Und wenn ich reinsprang und die Stöckchen rausholte, dann freute sich Paul immer höllisch, und er lobte mich dafür.

Meist gingen wir an einen Strand, an dem wir auch andere Hunde trafen. Das fand ich gut. Denn es gibt wohl Strände, an die nur Menschen ohne Hund gehen. Die legen sich da meist hin.

Und dann gibt es andere Strände, an denen sich lieber die Hunde mit ihren Menschen treffen.

Wenn wir mal an so einem Strand langgingen, an dem ich der einzige Hund war, dann gab es auch schon mal Gemeckere von den Menschen, die da rumlagen.

So ein Strand ist so schön, wie ein Wald. Nur meist ohne Bäume. Und ohne Hasen, ohne Füchse und ohne Mäuse. Aber der Sand ist so toll an den Beinen. Und die Wellen und ihr Schaum so pikslig ...

Ich kann euch nur den Rat geben: Wenn Ihr nicht an einem Meer wohnt, dann fahrt doch einfach mal da hin. Kommt einfach mal zu uns an unseren Hundestrand. Dann versteht Ihr, was ich meine.

Als wir wieder einmal am Strand spazieren gingen, merkte ich, dass irgendwas anders war als sonst. Das Meer roch nicht mehr nach Meer.

Als Paul mir auf dem Weg dahin ein Leckerli zustecken wollte, roch auch das nicht mehr so lecker wie sonst. Und als wir dann zu Hause waren, roch auch das Futter nicht mehr wie sonst.

Hundestrände – sie ersparen Stress

Tatsächlich gibt es in den meisten Ferienorten an Nord- und Ostsee extra ausgewiesene Hundestrände. Sie werden gern von den Einheimischen aufgesucht und ersparen den Konflikt, der oft zwischen Hundehaltern und Badegästen entsteht, wenn Hunde da auftauchen, wo sie nicht erwünscht sind.

Natürlich sind die Hundestrände nicht nur für die Einheimischen, sondern auch für die Feriengäste da. Wer sich also bei seiner Anreise oder schon davor nach einem Hundestrand informiert, kann von vornherein Stress vermeiden.

Oft gibt es auch genau festgelegte Spielregeln in Form von Ortssatzungen an solchen Hundeständen. Beispielsweise dürfen Hunde an einigen Stränden völlig frei laufen. An anderen sind wiederum Leinen vorgeschrieben.

An manchen Stränden gibt es auch Hundetoiletten, und sogar Hundeduschen stehen mancherorts zur Verfügung.

Einige Internet-Seiten listen die Hundestrände an Nord- und Ostsee auf. Ergänzt werden sie dann meist durch detaillierte Beschreibungen, beispielsweise der Strandbeschaffenheit und der Spielmöglichkeiten.

Das hielt einige Tage so an, und wurde dann sogar immer schlimmer.

Ich machte mir schon Sorgen wegen meines nächsten richtigen Einsatzes. Und tatsächlich, als Paul mit mir wieder einmal Bombendrohung spielen wollte und mir zum Test eine Riechprobe vor meine Nase hielt, habe ich sie gar nicht so gut gerochen, wie sonst.

Paul musste an diesem Tag sehr unzufrieden gewesen sein mit mir. Er hat sich das nicht anmerken gelassen. Aber wir kamen mit unserem Bombendrohungsspiel einfach nicht zurecht.

Ich fand die Probe, die Paul versteckte, nur mit allergrößter Not. Und manchmal gar nicht. „Was ist mit dir los, Erna?“, zeigte Paul sich sehr mitfühlend. „Bist du krank?“

Dabei fühlte ich mich gar nicht so sehr krank. Aber irgendwie vielleicht doch. Oder war ich alt? Ich war inzwischen immerhin schon drei Jahre bei Paul. Und ich habe gehört, wenn sich die Menschen unterhielten, dass Hunde das nur ein paar Jahre machen können. Aber soll das schon alles gewesen sein mit Paul und mir?

Ich merkte, dass Paul mit mir nicht so richtig zufrieden war, und mir legte sich das mächtig aufs Gemüt.

Jetzt kam noch dazu, dass mich Paul nicht mehr in mein kleines Haus in seinem alten Garten brachte. Er hatte für uns etwas anderes gefunden. Und mein neuer Garten hieß „Zwinger".

Paul nahm mich immer seltener zu seiner Arbeit mit. Für mich waren das schon fast Sonntage, wenn ich mal mit durfte.

Zur Waffensuche wurden wir gar nicht mehr geholt. Ich denke, das hing damit zusammen, dass sich Paul nur noch schlecht auf mich verlassen konnte. Er fuhr meist mit einem anderen Polizisten in einem Auto spazieren und guckte, ob alles in Ordnung ist oder ob er Spitzbuben entdeckt.

Früher durfte ich da meist mitfahren. Doch jetzt muss ich den Tag über, wenn Paul spazieren fährt – er sagt „Streifendienst" dazu, immer in meinem Zwinger bleiben.

Und der Zwinger war alles andere als gemütlich. Ich glaube, er war auch nicht für eine Dackeldame gemacht. Wohl eher für einen Schäferhund, der vielleicht den lieben langen Tag auf der faulen Haut liegt und wartet, bis es was zu fressen gibt.

Die Tage wurden immer länger.

Wie gern würde ich mit Paul zur Arbeit gehen. Ich könnte ihm doch immer Gesellschaft leisten. Und die anderen Polizisten würden sich bestimmt auch freuen, wenn ich da wäre.

Wenn ich doch nur aus diesem Käfig rauskäme! Dort hinten ist eine Wiese. Da kann man bestimmt toll toben. Auch ohne Paul. Doch wie komme ich hier raus?

Ich versuchte es mit Jaulen. Manchmal kamen zwar Menschen vorbei, die mich durch das Gitter hindurch aufmuntern wollten. Aber rausgelassen hat mich niemand.

Mir fiel ein, dass ich einmal eine Katze gesehen habe, die über einen Zaun geklettert war. Können Dackel vielleicht auch klettern?

Sie können. Ich habe es ein paar Mal versucht, und es hat geklappt. Es sah bestimmt nicht ganz so elegant aus, wie bei der Katze damals – die hatte bestimmt auch oft genug geübt. Aber es hat auch bei mir geklappt. Ich kletterte also auf das hohe Gitter. Oben war es ganz schön wacklig, aber auf der anderen Seite plumpste ich ja auch gleich wieder runter.

Doch was nun? Ich könnte jetzt loslaufen, einen Hühnerhof suchen. Oder einfach nur auf der Wiese spielen. Das wollte ich doch.

Nur – was wird Paul dazu sagen? Freuen wird der sich bestimmt nicht, dass ich ausgerissen bin.

Aber vielleicht freut er sich ja, wenn ich ihn besuche. Ich kenne den Weg zu seiner Arbeit. Und auch den Weg zu seiner Wohnung.

Ich entschied mich für den Weg zur Arbeit. Das ist die beste Lösung. Vielleicht lobt Paul mich sogar, wenn er mich sieht.

Ich dackelte also im wahrsten Sinne des Wortes los. Überall schauten mich Menschen an und wunderten sich, wie ich allein, ohne mein Herrchen klarkomme. „Der ist bestimmt ausgebüchst“, hörte ich mehrfach. Aber auch: „Der hat bestimmt sein Herrchen verloren.“

Beides stimmte so halbwegs. Der Weg war einfacher zu finden, als ich es dachte. Ich schnupperte zwar nicht allzu viel. Aber ich bin den Weg ja mehrfach gegangen. Nicht immer war Paul mit seinem Auto unterwegs. Oft auch zu Fuß.

Ich wusste sogar, dass man da, wo die vielen Autos sind, nur entlang gehen darf, wenn die untere von den drei Lampen an ist.

Früher habe ich Paul immer Bescheid gesagt, wenn er an so einer Ampel angehalten hat. Meist brannte dann das Licht oben. Ich habe so lange gebellt, bis die Lampe oben aus- und die unten anging. Und wenn ich nicht mehr bellte, wusste Paul, dass er weiterfahren kann.

Wenn ich zu Fuß unterwegs bin, belle ich aber nicht mehr. Wenn ich das Licht unten leuchten sehe, dann halten die Autos ganz allein an, und die Menschen und Hunde können über die Straße gehen.

Als ich bei Paul auf Arbeit ankam, gab es ein großes Freudengeschrei. Ich wusste

---

Hunde und Verkehrsampeln

Tatsächlich können Hunde ein richtiges Verhalten an Verkehrsampeln erlernen. Sie sind zwar nicht in der Lage, die Farben zu unterscheiden; wohl aber zu erkennen, ob die obere oder die untere der drei Lampen leuchtet.

Hunde, die beim Mitfahren im Auto rote Ampeln gern anknurren, tun dies in der Regel aus ihrem Spieltrieb heraus. Sie fahren beispielsweise gern Auto und haben den Zusammenhang zwischen ihrer Ungeduld und dem Wiederanfahren entdeckt.

doch, dass sich die Polizisten freuen, wenn ich komme. Sie hielten mir gleich ein Brot vor die Nase. Einer hatte sogar eine Wurst.

Doch das alles war nicht so wie früher, als die Butterbrote und die Würste noch richtig schick rochen.

Plötzlich war Paul auch da. Er stand in der Tür. Sah mich an. Und hatte seinen Mund ganz weit auf. „Wo kommt denn die her?“, fragte er und schaute in die Runde. „Na hast du sie nicht mitgebracht?“, fragte ein anderer zurück.

Paul freute sich überhaupt nicht so, wie die anderen. „Ich habe bestimmt die Tür aufgelassen“, sagte er. „Oh weih! Wenn sie unter die Räder gekommen wäre!“

Na wenigstens das! Er macht sich also doch Sorgen um mich.

Ich beschloss auf der Stelle, Paul jetzt öfter zu besuchen. An diesem Tag fuhren wir aber erst mal in Pauls Wohnung, wo ich ja auch eine kuschelige Schlafdecke hatte.

Doch als Paul am nächsten Tag zur Arbeit ging, brachte er mich wieder in diesen Zwinger. Er suchte als erstes den ganzen großen Gitterzaun rundherum ab. „Alles heil, alles in Ordnung", hörte ich ihn sagen. „Abgeschlossen ist auch ordentlich."

Ich konnte ihm das nicht erklären. Sah ihn nur von unten mit extra aufgesetztem Dackelblick an. Paul war irgendwie durcheinander. Schaute immer wieder auf das Gitter. Schaute nach oben. Auf die Tür. Das Schloss. Und immer wieder von vorn. Gitter. Tür. Schloss.

War die Überraschung meines Besuches doch nicht so gut? Paul sagte nur: „Tschüss Erna. Wir sehen uns heute Abend." Na, der wird sich wundern.

Er war mit seinem Auto gerade verschwunden, da probierte ich es erneut. Ich kletterte das Gitter hoch – es ging diesmal schon viel besser, sprang herunter und lief den Weg zu Pauls Arbeit. Dort freuten sich wieder alle.

Das machte ich öfter als ich Füße habe. Einmal – Paul hatte mich gerade wieder in den Zwinger gebracht und ich war vom Gitter gesprungen, da stand Paul plötzlich vor mir. „Das ist doch nicht wahr Erna!", schimpfte er. „Ich habe mir so etwas schon fast gedacht. Aber ich habe es nicht geglaubt." Paul muss sich irgendwo am Rand der Wiese versteckt und mich beobachtet haben.

Das war auch das letzte Mal, dass ich über den Zwingerzaun geklettert bin. Paul hat mich an diesem Tag mit zur Arbeit genommen und am Abend etwas an den Gitterwänden angebaut, damit ich nicht mehr darüber klettern konnte.

Das fühlte sich etwa so an, wie damals das Halsband. Ihr wisst schon.

Kletternde Hunde

Klettern ist für Hunde zwar nicht so typisch wie für Affen oder Katzen. Doch wer mal im Video-Archiv des Internet-Angebotes von YouTube stöbert, wird auf eine ganze Menge witziger Aufnahmen stoßen, die belegen, dass Hunde der unterschiedlichsten Rassen auf Schränke, Zäune und sogar auf Bäume klettern. Erna gehörte definitiv zu diesen Kletterkünstlern.

Dabei sind es nicht nur kleine Hunde, die sich als Kletterkünstler entpuppen können. Es gibt sogar Hundesport-Disziplinen, in denen es vorrangig auf Kletter-Künste ankommt. Zu ihnen zählt der Agility-Sport (Agility = Flinkheit, Wendigkeit).

Der „Hochsprung"-Rekord über ein glattes Holzhindernis liegt übrigens bei 3,60 Meter. Aufgestellt hat ihn ein Deutscher Schäferhund bei einer Dressurschau in Frankreich.

Ein zweiter Deutscher Schäferhund stellte diesen Rekord in einer Sendung des britischen TV-Senders BBC ein.

Diese Spaziergänge, ganz allein, hatten zwar erneut ein bisschen Abwechslung in mein Leben gebracht. Aber das war ja nun auch wieder vorbei. Und es sah so aus, dass ich fürs Schnuppern ein für alle Male nicht mehr tauglich sein werde.

Paul versuchte es immer wieder mit mir. Doch es half nichts. Meine Nase muss kaputt sein.

Eines Tages sagte Paul: „Erna, wir gehen heute zum Doktor." Ich wusste, dass der Doktor ein guter Mann ist. Als ich mir einmal meine Pfote aufgerissen hatte, war Paul schon mal mit mir bei dem Doktor.

Und der hatte wirklich lecker Leckerlis.

„Vielleicht kann er ja sehen, was mit deiner Nase ist“, sagte Paul. „Du schnaufst ja inzwischen wie ein Pferd. Da ist bestimmt was drin. Und nachts schnarchst du schlimmer als ich.“

Wenn ich ehrlich sein soll, dann wäre mir das auch ganz lieb, mal einen Doktor in meine Nase gucken zu lassen. Ich rieche nämlich inzwischen nicht nur wenig. Ich habe auch das Gefühl, dass da ein Gummiball oder so etwas drin ist.

Als wir beim Doktor im Zimmer waren, gab es zuerst ordentlich Streicheleinheiten. Dann machte es auf einem Mal piks. Ich wurde müde und der Doktor legte mich auf einen Tisch.

Ich hatte zwar Angst und wollte mich am liebsten verstecken, weil alles so komisch aussah. Doch ich hatte keine Kraft, und genau genommen auch gar keine Lust wegzurennen. Paul stand ja neben mir. Der wird schon aufpassen, dass mir nichts Schlimmes passiert, wusste ich.

Der Doktor öffnete mit einer Zange meine Nasenlöcher und sagte nur: „Polypen. Das ist kein Problem. Das haben wir gleich. Ich entferne sie heute aus der einen Nasenseite. Und nächste Woche kommt Ihr noch einmal her. Dann nehmen wir uns das andere Nasenloch vor."

Nun nahm der Doktor einen Stock aus Metall oder so etwas Ähnliches und fummelte damit in meiner Nase rum. „Schau'n Sie mal", sagte er zu Paul und zeigte ihm etwas Schleimig-blutiges, was er aus meiner Nase rausgeholt hatte. „Das gibt es bei Menschen oft. Leider auch bei Hunden. Ich denke, Erna wird ihren Geruchssinn ganz schnell wiedererlangen."

Weil ich so brav war, gab es zum Abschied noch einmal ein Leckerli. Ihr werdet es nicht glauben – aber das schmeckte mir schon wieder.

Als ich am Abend am Futternapf stand, merkte ich, dass meine Nase wieder ganz anders funktionierte als an den Tagen zuvor. Ich roch das Futter schon von weitem.

Durch meine Nase strömten Gerüche, wie ich sie lange nicht mehr erlebt hatte.

Paul merkte das sofort und freute sich mit mir. Er ging an den Schrank mit dem Metallgefäß, in dem die Riechprobe lag. Und ich wusste nicht nur, was jetzt kommt – ich roch es auch sofort.

Ich weiß, dass man so etwas nicht einmal im Spaß sagen darf, aber Ihr könnt mir ruhig glauben: Ich freute mich schon auf die nächste Bombendrohung. Wir werden wieder im Mittelpunkt stehen, Paul und ich. Und wir werden wieder Sprengstoff finden. Zumindest die Riechproben. Und es gibt danach Leckerli.

Plötzlich war die Welt für mich wieder wunderschön. Ohne meine Supernase fühlte ich mich wie in alten Zeiten, in denen ich zu nichts nutz war.

Nasenpolypen bei Hunden

Nasenpolypen sind nicht sonderlich besorgniserregend, sie können aber ungeheuer lästig werden. Es sind Wucherungen, bei denen sich in der Schleimhaut Sekrete ansammeln, die die Haut stellenweise „ausbeulen“ und somit größere Gebilde „anwachsen“ lassen.

Man kann die Schleimhaut mit nass werdendem Löschpapier vergleichen, das immer schrumpliger wird und an einigen Stellen große Blasen bildet.

Bis heute wissen die Experten nur sehr wenig über die Ursachen ihrer Entstehung. Sie treten oft beim Menschen auf, jedoch auch bei Tieren.

Bei Hunden beeinträchtigen sie tatsächlich ganz besonders den Geruchs- und damit auch den Geschmackssinn. Viele Berichte zeugen jedoch davon, dass der Geruch schnell wiederkommt, nachdem die Polypen entfernt wurden.

Der so behandelte Hund findet auffallend schnell wieder zu seinem Futter.

Mein nächster Polizeieinsatz sollte aber noch lange auf sich warten lassen. Und wären da nicht die Menschen vom Fernsehen gewesen, hätte ich vielleicht nie wieder nach Sprengstoff suchen dürfen.

Paul spielte mit mir zu Hause zwar immer wieder mal Bombenalarm. Aber immer nur in Pauls Wohnung und im Garten zu suchen, das wird mit der Zeit sehr langweilig. Paul fielen keine neuen Verstecke mehr ein, und hätte es zum Schluss nicht immer eine Überraschung in Form eines Leckerlis gegeben, dann hätte ich am liebsten gar nicht mehr mitgespielt.

Paul muss das auch gemerkt haben. Vielleicht aber auch nicht. Vielleicht hat er gedacht, dass meine Nase noch immer verstopft ist. Doch nachdem ich das zweite Mal beim Doktor war, konnte ich besser riechen als je zuvor.

Eines Tages kamen zwei Menschen zu Paul und fragten ihn, ob er nicht Lust hätte, mit Erna ins Fernsehen zu kommen.

„Wir wollten Sie schon lange mal fragen", sagte die Frau. „Aber als alle über Erna geschrieben hatten, wollten wir erst einmal ein bisschen warten. ‚Vielleicht gibt es ja einen guten Anlass, einen Fall, bei dem Erna zum Einsatz kommt', dachten wir uns", sagte der Mann. „Aber inzwischen haben wir gar nichts mehr von Erna gehört oder gelesen. Wir waren uns nicht einmal sicher, ob es Erna überhaupt noch gibt."

Dachten die etwa, ich bin mit einer Bombe zusammen explodiert? Oder dachten die, ich bin in Rente?

„Neulich haben wir in der Tierarztpraxis von Doktor Zimplerein gedreht. Dabei hat uns der Doktor erzählt, dass Erna wieder gesund ist.

Der Mann und die Frau erklärten Paul ihre Idee. Dabei durfte ich zuhören, und Paul hatte noch nicht einmal etwas dagegen, dass ich zu dem Mann auf den Schoß sprang. „Der sieht ja wirklich aus, wie ein Streuner", sagte die Fernseh-Frau. „Wenn man ihn mit den Supermodels in den vielen Hundefilmen vergleicht . . . Doch er hat was." „Ich finde ihn sogar richtig schön", sagte der Fernseh-Mann.

Eigentlich haben beide vor, in einer anderen Stadt einen Film über ein Altenheim zu machen. Sie wollen zeigen, wie die Omas und Opas dort leben, wie gut es denen geht, und wie viele Menschen sich um die Alten sorgen und kümmern.

„Wir dachten uns, wir können Erna in diesen Bericht einbauen", sagte die Frau. Denn wir wollen neben dem vielen Schönen und Angenehmen in dieser Wohnanlage auch zeigen, dass die Alten und das Personal auf Zwischenfälle vorbereitet sind."

Es könne ja durchaus einmal passieren, dass es brennt oder dass sie wegen eines Gasrohrbruches aus ihrem Haus evakuiert werden müssen. „Wir wollen sozusagen einen Probealarm auslösen. Das könnte ja auch wegen einer Bombendrohung sein", sagte der Mann.

Paul war von dieser Idee erst einmal überhaupt nicht begeistert. Doch die beiden redeten so lange auf ihn ein, bis er einwilligte.

„Na gut", sagte Paul schließlich. „Ich möchte aber, dass das Thema Bombenalarm im Altersheim so klein wie möglich gehalten wird. Vielleicht kann Erna ja nach irgend etwas anderem suchen. Vielleicht geht es ja auch, ohne dass Sie das Wort Bombenalarm überhaupt aussprechen."

Als es nämlich wiederholt und immer und immer wieder Bombendrohungen in Schulen und sogar in Kindergärten gegeben hatte, da hatte Paul immer ein richtig schlechtes Gewissen, wenn er einen von der Zeitung oder vom Radio gesehen hat.

„Die Kids, die oft dahinter stecken, machen dies vielleicht nur, um in die Zeitung zu kommen", hatte er mal gesagt. Und er benutzte mehrmals das Wort „Trittbrettfahrer".

„Nein, wir versprechen, dass wir keine Skandalstory aus unserem Beitrag machen werden", beteuerte die Frau. „Wir halten die Kombination aus Altenheim und Erna nur ausgesprochen geeignet, Emotionen zu erzeugen und trotzdem seriös zu informieren." Das muss Paul wohl irgendwie überzeugt haben.

Sofort begannen die beiden Fernseh-Menschen, alles Mögliche aufzuschreiben. Sie fragten Paul viele Löcher in den Bauch. Dabei hörte ich auch vieles, was ich noch gar nicht wusste. Paul erzählte von anderen Hunden und davon, was er mit ihnen schon so alles erlebt hat.

Besonders gefallen haben muss Paul ein Hund im Fernsehen, der „Lassie“ hieß. Lassie war eine Collie-Hündin und ist der Grund, weshalb Paul so hundelieb ist.

Die Fernsehserie „Lassie“ flimmerte zwischen 1954 und 1973 über die Bildschirme. Also in der Zeit, in der Paul noch ein Kind war. Heute, so sagen es Paul und seine Freunde, ist Lassie der berühmteste Hund der Welt.

Lassie hat die Menschen so fasziniert, weil sie immer wieder allen möglichen Leuten half, aus den unterschiedlichsten Schwierigkeiten herauszufinden.

Paul hatte seine Eltern so lange genervt, bis sie ihm einen Hund kauften. Der sah genau so aus, wie Lassie. Es war auch ein Collie.

Als Jugendlicher nahm Paul mit seiner „Ferra von Zedernhain“, so hieß sie, mehrfach erfolgreich an Meisterschaften teil, bei denen Schutzhunde beweisen mussten, dass sie gut auf ihre Herrchen und Frauchen aufpassen konnten.

Dass Paul als Polizist dann ein Spezialhundeführer wurde, das war ihm sozusagen schon in die Wiege gelegt worden.

Er erzählte den beiden Fernseh-Menschen aber auch, dass er traurig war wegen meiner Nasenkrankheit. Und dass er hofft, dass ich ihm noch lange erhalten bleibe. Paul hat mich wohl richtig lieb. Ich kuschelte mich auf meine Decke, legte meinen Kopf auf den Boden und hörte gespannt zu.

Der Mann holte nach einiger Zeit sogar irgendwo von draußen eine Kamera rein, und ich sollte freundlich lachen und da reingucken. Paul kramte indessen in seinem Schrank und suchte Papiere zusammen.

Auf einem Blatt Papier, das er fand, hatte sich ein Vater bei Paul bedankt, weil wir seinen Sohn gefunden hatten. Auf diesen Brief ist Paul besonders stolz.

Der Sohn war 16 Jahre jung und mit seinem Moped in einem bergigen Gelände unterwegs, als er von einem sieben Meter hohen Hang herunterstürzte. Wir gingen in der Nähe spazieren. Rein zufällig. Hatten gar keinen Dienst.

Als wir die Hilferufe hörten, schickte mich Paul sofort los. „Such", sagte er, und ich rannte in das Gestrüpp hinein, aus dem die Rufe kamen. Obwohl dort viel andere Menschen auch spazieren gingen, interessierte sich offenbar niemand für die Schreie im Gebüsch.

Ich erinnere mich noch genau daran, wie der Junge da lag und sich nicht bewegte. Paul nahm sofort das Telefon und rief nach Hilfe.

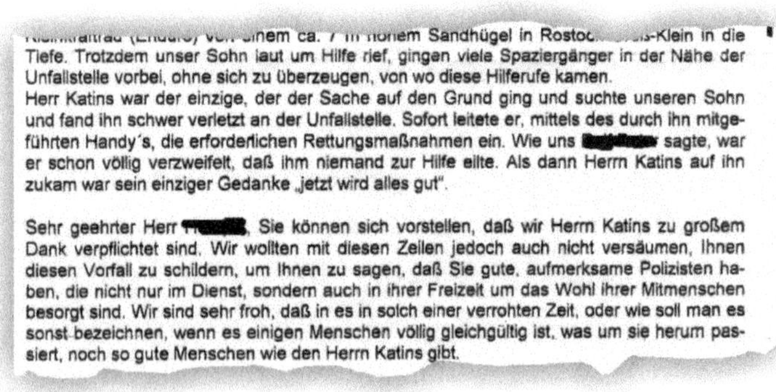

... Sandhügel in ... in die Tiefe. Trotzdem unser Sohn laut um Hilfe rief, gingen viele Spaziergänger in der Nähe der Unfallstelle vorbei, ohne sich zu überzeugen, von wo diese Hilferufe kamen.
Herr Katins war der einzige, der der Sache auf den Grund ging und suchte unseren Sohn und fand ihn schwer verletzt an der Unfallstelle. Sofort leitete er, mittels des durch ihn mitgeführten Handy´s, die erforderlichen Rettungsmaßnahmen ein. Wie uns [redacted] sagte, war er schon völlig verzweifelt, daß ihm niemand zur Hilfe eilte. Als dann Herrn Katins auf ihn zukam war sein einziger Gedanke „jetzt wird alles gut".

Sehr geehrter Herr [redacted], Sie können sich vorstellen, daß wir Herrn Katins zu großem Dank verpflichtet sind. Wir wollten mit diesen Zeilen jedoch auch nicht versäumen, Ihnen diesen Vorfall zu schildern, um Ihnen zu sagen, daß Sie gute, aufmerksame Polizisten haben, die nicht nur im Dienst, sondern auch in ihrer Freizeit um das Wohl ihrer Mitmenschen besorgt sind. Wir sind sehr froh, daß in es in solch einer verrohten Zeit, oder wie soll man es sonst bezeichnen, wenn es einigen Menschen völlig gleichgültig ist, was um sie herum passiert, noch so gute Menschen wie den Herrn Katins gibt.

Aus dem Original-Dankesschreiben an den Polizei-Chef.

Mir ging das Unglück so sehr nahe, dass ich richtig betrübt war und am liebsten nicht mehr von dem Jungen weg wollte. Er lag dann noch wochenlang im Krankenhaus, zuerst im Koma. Wir besuchten ihn dort mehrmals, und ich legte immer meine Schnauze auf den Bettrand.

Auf einem Mal wachte er auf und freute sich, als er mich sah. Er heißt Philipp, und wir wurden richtige Freunde.

Natürlich wollten die beiden Fernsehleute von Paul auch wissen, wo ich das alles gelernt habe. Ihr habt ja inzwischen in diesem Buch schon gelesen, dass ich auf eine richtige Schule geschickt wurde.

Die beiden wollten wirklich alles ganz genau erklärt bekommen. Im Grunde kam mir damals, als ich das Gespräch belauschte, die Idee, dieses Buch zu schreiben.

Paul hatte es natürlich alles schwarz auf weiß. Dass ich ein Experte bin und so. Er zeigte gern mein Zeugnis mit der Einschätzung der Schule. Denn auch die Hundelehrer merkten schnell, dass ich etwas Besonderes bin.

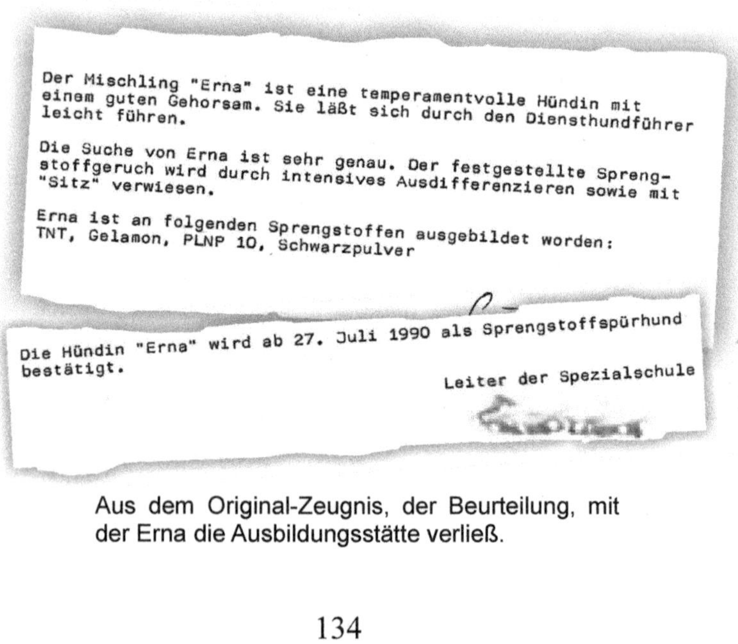

Der Mischling "Erna" ist eine temperamentvolle Hündin mit einem guten Gehorsam. Sie läßt sich durch den Diensthundführer leicht führen.

Die Suche von Erna ist sehr genau. Der festgestellte Sprengstoffgeruch wird durch intensives Ausdifferenzieren sowie mit "Sitz" verwiesen.

Erna ist an folgenden Sprengstoffen ausgebildet worden:
TNT, Gelamon, PLNP 10, Schwarzpulver

Die Hündin "Erna" wird ab 27. Juli 1990 als Sprengstoffspürhund bestätigt.

Leiter der Spezialschule

Aus dem Original-Zeugnis, der Beurteilung, mit der Erna die Ausbildungsstätte verließ.

Es vergingen zunächst noch mehrere Tage. Dann aber, eines Morgens, sagte Paul zu mir: „Los Erna! Heute kommen wir groß raus." Er war fröhlich. „Wir kommen ins Fernsehen."

Für mich sah es allerdings so aus, als ob wir nicht zum Fernsehen fuhren, sondern zu einem Ort, an dem es eine Bombendrohung gibt.

Paul steckte sich die Riechprobe in seine Tasche, die er immer in diesem komischen Metallgefäß zu liegen hatte, . . . und zum Glück auch die Tüte mit den Leckerlis. Ich wusste, was zu tun ist – holte mein Halsband und die Leine und reichte beides mit meiner Schnauze Paul.

Und schon klingelte es an der Tür. Das war Pauls Kollege. Zu dritt fuhren wir ganz lange, bis wir in einer anderen Stadt waren. Hier stand das große Altenwohnheim.

Die Leute vom Fernsehen warteten schon auf uns. Was muss das wohl für ein langer Film werden, dachte Paul, als er sah, wie viele Menschen die mitgebracht hatten.

Die Fernseh-Menschen hantierten alle mit irgendwelchen Geräten umher. Doch als sie mich entdeckten, ließen sie alles fallen und kamen, um mich zu mustern.

„Das soll der berühmte Sprengstoffsuchhund sein?", hörte ich einen sagen. „Das ist doch nur ein Dackel!"

„Freundlich bleiben!", dachte ich. Schaute zu dem Mann, der mich offenbar nicht für voll nahm, hoch. Versuchte zu lachen – soweit das einem Hund gelingen kann. Und wedelte interessiert mit meinem Schwanz.

Das stimmte ihn dann wohl versöhnlich. Plötzlich beugte auch er sich zu mir herab und streichelte mich. Ich erfuhr, dass der

Mann genau so hieß, wie ein Kater, den ich mal kannte, nämlich Felix.

Mit dem Menschen-Felix sollte ich an diesem Tag noch ganz viel zu tun haben. Er war der, der sich den Film, den die Fernseh-Menschen in diesem Haus drehen wollten, ausgedacht hatte. Die Geschichte mit dem Alarm im Altersheim.

Die Fernseh-Menschen taten alle sehr geschäftig, und sie hielten sich auch alle für außerordentlich wichtig. Aber wenn sie mich sahen, ich in ihrer Nähe war, dann wurden sie auf einem Male ganz normal.

Wir gingen mit den Kameras und der Technik durch viele Räume, in denen überall Omas und Opas herumstanden oder herumsaßen. Einige von ihnen konnten mit ihren Stühlen sogar fahren wie mit einem Auto.

Mehr noch als die Fernseh-Menschen, freuten sich die Omas und die Opas, als sie mich sahen. Fast alle von ihnen, an denen ich vorbei kam, griffen nach mir. Wollten mich streicheln oder sogar fangen. Einige hielten mir etwas zum Fressen hin.

Ich kann euch sagen, ich hatte ganz schön zu tun, um da überall vorbei zu kommen, ohne gefangen zu werden.

Dann, mit einem Male liefen Frauen und Männer in weißen Hosen und Jacken aufgeregt durch die Räume und Flure und erzählten den Omas und Opas, dass sie das Haus verlassen sollen. Es sei gefährlich, drin zu bleiben. Nur die Fernseh-Menschen, die Polizisten und der Dackel dürfen im Haus bleiben.

„Och!", sagte eine alte Frau, „geht man alle. Ich bleibe hier. Ihr habt uns doch gesagt, dass das nur eine Übung ist. Ich will mir das mal anschauen. Das Fernsehen ist ja nicht jeden Tag bei uns."

Offenbar dachten sehr viele wie diese Frau. Ein Teil der Omas und Opas drängte sich ganz aufgeregt in Richtung der Ausgänge. Der andere Teil ging den Fernsehleuten nicht vom Rock.

Wahrscheinlich hat die eine Hälfte gesagt bekommen, dass es sich um einen Notfall-Alarm handelt, und die andere Hälfte wusste, dass es nur eine Übung ist.

Ehe ich mich versah, hatte mich jemand von der zweiten Hälfte geschnappt und auf den Arm genommen.

Die Oma roch aber komisch. Ich schnupperte sie ab und wollte von ihrem Arm springen. Da hatte mich aber schon die nächste geschnappt. „So, das ist jetzt genug", hörte ich eine, mir sehr vertraute Stimme sagen. Paul stand plötzlich neben mir und wollte mich befreien.

Doch so einfach war das gar nicht. Immer mehr Arme wurden mir entgegengestreckt. Und immer wieder hörte ich: „Na komm doch mal zu mir." Oder: „Du bist aber ein Süßer. Bleibst du bei uns?"

Mir wurde das alles unheimlich. Da stand Felix auf und sagte mit ruhiger, aber lauter Stimme: „So, wir wollen anfangen. Worum es geht, ist ihnen ja bekannt. Wir drehen einen Dokumentarfilm über Ihr Heim und wollen bei dieser Gelegenheit auch Erna vorstellen. Erna ist die beste Spürnase auf der Welt. Und Sie können sich freuen, dass Erna heute bei Ihnen ist.

Ich merke ja – Sie alle sind wohl ein wenig in die Hündin verliebt. Und wir wollen ihr Herrchen mal fragen, ob im Anschluss noch Zeit ist, dass Sie alle einmal Erna in Ihren Arm nehmen."

Das war gut. Dieses Versprechen hat den alten Leutchen ihre Aufregung genommen. Paul winkte ab, was wohl so viel hieß: „Von mir aus . . ."

Was jetzt passierte, das kannte ich von meinen vielen Such-Aufträgen her. Paul hielt mir wieder diese Probe unter die Nase. Ich aber musste schon an die Belohnung denken.

„Such", sagte mein Kollege Paul und führte mich einen langen Flur entlang. Vorher hatte er unserem anderen Kollegen die Riechprobe gegeben. Meine Nase war wieder so gut, dass ich nur der Spur des Kollegen folgen musste, um in den Raum zu ge-

Hautschuppen verraten den Weg

Als ein ganz wesentlicher Umstand dient Spürhunden die Tatsche, dass Menschen unentwegt winzige Hautschuppen abstoßen und verlieren. Diese Hautschuppen sind durch Geruchsmoleküle, die sie abgeben, so geschaffen, dass sie für einen Hund quasi wie ein unverwechselbarer Fingerabdruck wirken, den das Tier erkennt und dessen Spur es bei entsprechendem Training gern folgt.

Nicht alle Fährtenhunde sind auf diesen Umstand gleichermaßen trainiert. Ein Teil von ihnen folgt tatsächlich vorrangig der Spur im wahrsten Sinne des Wortes. Diese Hunde orientieren sich unter anderem an Veränderungen des Bodens in einer ganz speziellen Weise. Nasenarbeit spielt aber auch bei ihnen eine Rolle.

Hunde, die auf das Unterscheiden menschlicher Gerüche trainiert sind, können auch da eingesetzt werden, wo sich die Wege vieler Menschen gekreuzt haben.

Man spricht im Zusammenhang mit der Arbeit von Fährtenhunden auch vom so genannten „Mantrailing". Dieses Wort kommt aus dem Englischen und setzt sich aus „man" (Mann, Mensch, Figur) und „trail" (Weg, verfolgen, Fährte) zusammen.

langen, in dem der Sprengstoff versteckt war.

Irgendwie hatte ich den Sprengstoff mit dem anderen Polizisten in Verbindung gebracht. Ich brauchte nur seine Spur aufnehmen. Und fand den Stoff sehr schnell.

Ich glaube, in diesem Fall habe ich weniger den Sprengstoff gesucht als die Spur des anderen Polizisten.

Am Ende war es Paul und den Fernsehleuten, die uns immer hinterherkamen, aber völlig egal. Ich hatte sie wohl davon überzeugt, dass ich es noch kann. Und ich hatte das Gefühl, dass ich wieder im Spiel war, wieder dazugehörte.

Auch ein Teil der alten Menschen ist uns gefolgt, obwohl die vom Fernsehen ganz eindringlich erklärt hatten, dass sie keine Störung gebrauchen können.

Als ich aber die Riechprobe hinter einem Vorhang gefunden hatte, klatschten viele von ihnen Beifall. Als wäre das keine Fernsehaufzeichnung, sondern eine Theatervorführung. Und wieder reckten sich mir Dutzende Arme entgegen.

Ich weiß gar nicht mehr, ob ich überhaupt mein Leckerli bekommen habe.

Am Ende gab es jedenfalls noch ein großes Fest. Paul rettete mich zuerst vor den vielen alten Menschen. Aber dann versammelten sich alle in einem großen Raum, und Paul begann allen von uns beiden zu erzählen.

Dazu setzte er mich einem Opa, der sich bis dahin nicht bewegt hatte und immer nur vor sich hin starrte, auf den Schoß. Der streichelte mich und fing kurze Zeit später sogar an zu lächeln.

Das berührte auch mich, und ich legte meinen Kopf auf dessen Oberschenkel. Es war richtig gemütlich. Ich begann zu träumen. Das Streicheln tat mir gut, und für einige Augenblicke konnte ich mir sogar vorstellen, hier zu bleiben. Die Omas und Opas waren wirklich alle so nett!

Therapie- und Besuchshunde

Dass alte Menschen durch Hunde seelisch positiv beeinflusst und Kranke durch sie schneller genesen können, ist eine alte Erkenntnis.

In vielen Gegenden gibt es Hundehalter, die als ehrenamtliche Helfer in Einrichtungen gehen, um dort Alte oder Kranke zu besuchen. Die Anwesenheit des Tiers hilft oft, soziale Wärme zu empfinden oder sie wiederzuerlangen. Die Gesellschaft von Hunden (aber auch von anderen Tieren) wird meist als positiv empfunden.

Therapiehunde können verschiedenen Berichten zufolge vor allem Stress abbauen helfen.

Der Besuch im Altenheim hat sich wohl bis zu dem Mann herumgesprochen, der Paul immer sagt, wohin er mit seinem Polizei-Auto fahren soll, wenn er arbeitet. Jedenfalls legte dieser Mann, der „Chef" hieß, plötzlich wieder großen Wert darauf, dass Paul mich von nun an wieder mit zur Arbeit bringt.

Ein paar Tage später kam der Film, den die Leute von uns im Altenheim gedreht haben, im Fernsehen. Das war lustig. Ich sah mich wie in einem Spiegel. Nur knurrte ich im Fernseher, wenn ich in Wirklichkeit ganz ruhig war. Und wenn ich mich wirklich anknurren wollte, dann knurrte ich von dort aus nicht zurück. Das war lustig.

Ich erkannte alles wieder. Und in dem Film ging es viel mehr um mich als um die alten Leutchen. Dabei sollte es eigentlich anders herum sein.

Die Fernsehsendung muss auch die niederländische Königin Beatrix gesehen haben. Denn als diese sich kurze Zeit später mit ihrem Mann Claus von Amsberg und dem deutschen Bundespräsidenten im Schloss Bellin treffen wollte, rief sie bei Paul an und sagte, dass sie mich brauche. Wahrscheinlich hat es ihr im Fernsehen gefallen, wie ich bei dem Opa auf dem Schoß lag. Und ich sollte es bei ihr bestimmt auch so tun.

Na ja, ob sie wirklich persönlich bei Paul angerufen hat, das kann ich gar nicht sagen. Paul sagte nur, nachdem er telefoniert hatte: „Erna, jetzt fahren wir in ein Schloss. Dort kommt eine richtige Königin hin. Sie hat dort einen Teil ihrer Kindheit verbracht, und sie will sich mit unserem Präsidenten dort treffen."

In diesem Schloss musste ich alles abschnüffeln, was auf dem Weg lag, den die Königin im Anschluss gehen wollte. Danach hat sie sich dort mit Wirtschaftsleuten und dem Bundespräsidenten getroffen.

Die Königin hatte zwar keine Krone auf, dafür aber ganz viel zu tun. Sie musste auch nach Güstrow fahren, um sich dort die Kirche und die Barlach-Stiftung anzuschauen, wie Paul mir erzählte.

Am ersten Abend in Bellin hat die Königin den Schlosspark besichtigt. Ich durfte mit Paul dort bleiben, und dann passierte es: Die Königin hat mich gestreichelt! Ein Sicherheitsbegleiter der Königin hatte ihr erklärt, wer ich bin.

Vielleicht hatte sie mich doch nicht persönlich im Fernsehen gesehen. Und möglicherweise haben ihre Bodyguards einfach nur die Beste unter den Schnüffelnasen verlangt. Oder vielleicht hatten diese mich im Fernsehen gesehen.

Obwohl mich Beatrix wirklich mit großen Knopfaugen anschaute und wir beide, Bea und ich, dabei sichtlich dahinschmolzen, blieb es am Ende beim hoheitlichen Streicheln. Auf ihren Schoß musste ich mich nicht legen.

Es kam die Zeit, in der die Konkurrenz für mich härter wurde. Plötzlich hatten immer mehr Polizisten einen Hund an der Leine. Paul sagte mir zwar, dass ich mir keine großen Sorgen machen muss, und dass ich selbst dann, wenn mich die anderen Hunde wegmobben, bei ihm bleiben werde. Doch ich habe ja schon mitbekommen, wie langweilig das Leben sein kann, wenn man nicht mehr gebraucht wird.

Immer öfter hörte ich, wie Paul und seine Kollegen darüber sprachen, was ein Hund kostet. Schließlich bekommen wir Polizeihunde ja ein richtiges Monatsgehalt.

Wir mussten zwar keine Steuern bezahlen, aber das Futter war teuer genug. Und wenn wir mal zum Tierarzt mussten, dann musste der Polizei-Chef noch mehr Geld für uns ausgeben.

Trotzdem sind wir bis zum heutigen Tag – zumindest, was die Kosten anbelangt – ohne Alternative. Anderswo werden ja viele Arbeiter von Robotern, Computern und anderen Maschinen abgelöst. Ich kann mir zum Beispiel gut vorstellen, dass ein Blindenbegleithund – wie es ihn ja auch noch gibt – bald durch einen Blinden-Robbi ersetzt wird.

Aber könnt Ihr euch vorstellen, dass ein Suchhund durch einen Roboter ersetzt wird? Der würde bestimmt viel zu viel Geld kosten. Doch das Futter und die Tierarztkosten könnten eingespart werden.

Gibt es überhaupt schon eine künstliche Nase? Eine Maschinen-Nase? Paul sagt ja. Und die wurde sogar in der Stadt erfunden, in der Paul und ich lebten.

Da kann ich wirklich nur hoffen, dass der Polizei-Chef nicht so viel Geld hat, wie die kostet. Noch besser wäre, dass die Polizei das gar nicht erfährt, dass es diese künstliche Supernase gibt. Dass es Computer gibt, haben die Polizisten ja schließlich auch erst viel später erfahren. Sie haben ja noch auf Schreibmaschinen geklimpert, als schon jedes Kind einen Computer hatte.

Die künstliche Nase

Tatsächlich ist in einer deutschen Tochterfirma des europäischen Weltraumkonzerns EADS eine künstliche Nase entwickelt worden.

Zuerst sollte sie lediglich früh warnen, falls es mal auf der russischen Weltraumstation „Mir" – die inzwischen längst ausgedient hat – Brände gibt. Nachdem es dort tatsächlich mal gekokelt hatte, stellten die Experten fest, dass diese Nase bereits viel früher, als sie Alarm auslösen sollte, Veränderungen in der Raumluft aufgezeichnet hatte.

Heute wird diese künstliche Nase international auch in U-Bahnen eingesetzt.

Ich denke, für uns wird es noch lange Jobs geben. Überlegt doch mal, was für

---

Welcher Hund ist geeignet?

Prinzipiell kann jeder Hund für die Polizeiarbeit ausgebildet werden. Von größter Wichtigkeit sind Gesundheit, ein sehr stark ausgebildeter sowie konsistenter Spieltrieb (mit Spielzeug), Verlässlichkeit und gutes Temperament/Wesen.

Meist werden mittelgroße Hunde eingesetzt, die leichter zu führen sind. Deutsche Schäferhunde, Malinois, Labradors sowie Englische Springer Spaniel sind vielfach im Polizeidienst vertreten, sind aber nicht die einzigen Rassen. Auch Mischlinge sind geeignet.

Im Allgemeinen sollte der auszubildende Hund mutig und selbstbewusst in wechselnder Umgebung sein. Ein Hund, der Angst vor Straßenverkehr oder lauten Geräuschen wie Explosionen hat, ist nicht geeignet. Der Hund sollte Lob lieben (am besten durch Stimme und Spiel), wobei dies auch durch die Ausbildung gefördert werden kann. Natürlich muss der Hund sehr lernwillig sein, da unbedingter Gehorsam aus Sicherheitsgründen unerlässlich ist. Dies kann jedem Hund beigebracht werden, könnte jedoch bei manchen Hunden zu unvertretbar langen Ausbildungszeiten führen.

Hunde-Beschäftigungen es allein bei der Polizei gibt.

Hunde haben die Nase vorn – Ratten und Bienen aber auch

Auch wenn Hunde traditionell im wahrsten Sinne des Wortes die Nase vorn haben bei der Arbeit mit ihrem Riechorgan – sie sind nicht die einzigen Wesen, die Gefahren oder versteckte Dinge erriechen können.

In mehreren Berichten ist davon die Rede, dass einigen Rattenarten ähnliche Leistungen für Spür- und Suchaufgaben antrainiert werden können. Ihr Vorteil gegenüber Hunden ist ihr geringes Gewicht. Insbesondere, wenn sie in der Minensuche eingesetzt werden, besteht aufgrund ihres Gewichtes weniger als bei schweren Tieren die Gefahr, dass sie einen scharfen Sprengsatz durch eine falsche Bewegung zur Explosion bringen.

Noch bizarrer mutet die Ausbildung von Bienen für derartige Dienste an. Doch in Amerika sind tatsächlich bereits 2003 derartige Versuche vorgenommen worden. Ihnen wurden üppige Nahrungsreservate in der Nähe zu Sprengstoffproben angeboten. Die Bienen haben den Zusammenhang schnell erkannt und sich schwarmweise in der Nähe, beispielsweise von Minen niedergelassen und somit deren Standorte angezeigt.

Am meisten bekannt sind euch sicher die Schutzhunde. Sie begleiten Polizisten, jagen auch mal einen Spitzbuben, wenn er wegrennen will. Oder sie schützen ihren Hundeführer, wenn der angegriffen wird.

Oder denkt doch nur mal an die Fährtenhunde. Sie müssen nicht nur gut riechen, sondern eine Spur auch verfolgen können. Ich stelle mir diese künstliche Nase vor, wie die eine Spur verfolgt.

Vergesst es!

Dann gibt es Hunde, die nach Leichen suchen. Solche Jobs sind nicht schön, aber wichtig.

Dann gibt es noch Hunde, die speziell auf die Suche nach Drogen oder Brandmitteln ausgebildet wurden.

Na und dann natürlich solche wie mich, Waffen und Sprengstoffsuchhunde. Da können sie ruhig kommen, die künstlichen Nasen. Ich denke nicht, dass sie uns so schnell ersetzen werden.

Beim Zoll gibt es übrigens noch andere Spezialisten: Tabak- und Geldsuchhunde nämlich.

Anerkannte Gebrauchshunderassen

International werden durch Fachverbände Listen mit Hunderassen erstellt, deren Vertreter sich besonders als Gebrauchshunde eignen, z.B.:

- Australian Kelpie
- Beauceron
- Belgischer Schäferhund
- Berger de Picardie
- Berger des Pyrénées à face rase
- Berger des Pyrénées à poil long
- Border Collie
- Bouvier des Ardennes
- Bouvier des Flandres
- Briard
- Deutscher Boxer
- Deutscher Jagdterrier
- Deutscher Schäferhund
- Dobermann
- Hovawart
- Riesenschnauzer
- Rottweiler
- Tschechoslowakischer Wolfhund
- Malinois
- Airedale Terrier
- Foxterrier (Drahthaar)
- Foxterrier (Glatthaar)
- Jack Russell Terrier
- Parson Russell Terrier

(Keine Gewähr für Aktualität; einzelne Rassen für unterschiedliche Dienste besonders geeignet)

Mir haben ja einige Leute nachgesagt, dass ich nicht nur zum Sprengstoff- und Waffensuchen geeignet bin. Paul sagte sogar einmal, ich wäre auch ein guter Fährtenhund und einer, der auch jeden anderen Job machen könnte.

Und wenn Paul mich mal necken wollte, dann sagte er auch, dass ich ein guter Schoßhund bin.

Na, ob Schoßhund nun ein Lob ist oder doch eher eine Veralberung, das weiß ich nicht. Wie wichtig es aber sein kann, auch in der Wohnung gut Bescheid zu wissen, das erkannte ich, als ich für Paul einmal richtig sorgen musste.

Ich war mal wieder einen Tag lang allein in meiner Hütte. Anders als sonst, kam Paul nicht, um mich am Abend in seine Wohnung zu holen.

Am nächsten Tag kam er auch nicht. Und Pauls Gartennachbar schaute schon ganz unruhig in meinen Zwinger und zu mir. „Paul wird dich doch wohl nicht vergessen haben?“, fragte er mich mehrfach.

Paul kam auch an diesem Tag nicht. Und mir drehte sich immer mehr der Magen um vor Kohldampf.

Am Abend brachte mir der Gartennachbar etwas zu fressen und frisches Wasser. „Nun werde ich dich wohl versorgen müssen“, sagte er. „Paul liegt im Krankenhaus. Er hatte einen Unfall mit seinem Motorrad.“

Der Alte schüttelte seinen Kopf und grummelte so etwas wie: „Müssen die jungen Kerle denn immer so rasen?“ Nun war Paul nicht mehr unbedingt ein junger Kerl, und dass er leichtsinnig ist, konnte man ja nun wirklich nicht sagen.

Nur, wenn er in seinem Auto das Tatütata anmacht und die blaue Lampe, die sich immerzu dreht. Dann fährt er immer ein bisschen zu schnell. Ich habe mich dann immer geduckt und gewinselt. Wie anders kann ich ihm sagen, dass ich Angst habe bei der Raserei? Andererseits muss Paul oft rasch am Einsatzort sein.

Es waren wieder einmal drei grottenlangweilige Tage im Zwinger. Dann endlich sah ich, wie jemand ganz komisch angehumpelt kam. Mit einem dünnen schwarzen Hosenbein und einem dicken weißen. Es roch mit einem Male sehr nach Paul.

Paul hatte sich sein Bein mehrfach gebrochen und konnte sich eigentlich gar nicht richtig fortbewegen. Mit einem Krückstock schleppte er sich mehr, als dass er ging. Den Rest besorgte ein Freund, der bei ihm war.

Dieser schloss den Zwinger auf. Und ich konnte mich verständlicherweise nicht mehr bremsen vor Freude. Ich musste Paul erst einmal beschnuppern und drücken; versuchte ihn anzuspringen . . . und riss ihn dabei fast zu Boden. Das wäre beinahe noch mal schiefgegangen!

Bei Paul zu Hause sagte der Freund: „Ich komme, so oft wie nötig. Aber in der Wohnung kommst du doch klar?"

Paul blickte nur zu mir und sagte: „Lass mal! Ich glaube, Erna macht das schon."

Von nun an hatte ich ganz andere Aufgaben. Einiges kannte ich ja vom Begriff her. Ich wusste, was ein Handy ist oder ein Schlüsselbund. Von jetzt an aber war es meine Aufgabe, diese Dinge durch die Wohnung zu zotteln. Ich machte das alles sehr gern, denn für jedes Stück, das ich durch die Wohnung bewegte, lobte Paul mich.

Ich bekam viele Streicheleinheiten außer der Reihe. Und auch manches Leckerli.

Ich erinnerte mich sofort an eine Zeit, in der Paul viel in einem Hundeausbildungszentrum war, in dem Hunde fit gemacht wurden, um behinderten Menschen als Haushaltshilfe zu dienen.

Die Hunde, die dort zur Schule gingen, waren, wenn sie fertig waren und mit ihrem neuen Herrchen oder Frauchen nach Hause fuhren, halbe Menschen. Sie holten die Post, die Zeitung, und einige gingen sogar allein zum Bäcker um die Ecke einkaufen. Dabei gingen sie, den Korb mit Geld und Zettel im Maul, aus dem Haus. Und sie kamen mit Korb und Brötchen wieder.

Manche wurden darauf trainiert, dass sie ein Signal gaben, wenn eine Zeitschaltuhr abgelaufen war, wenn das Telefon klingelte oder die Mikrowelle piepte. Hunde, die so etwas können, sind vor allem für Menschen eine Hilfe, die schlecht oder gar nicht mehr hören können.

Das alles hatte ich in dieser Hundeschule gesehen, und das alles, werde ich jetzt auch machen, dachte ich mir.

Mein Vorsatz war wirklich gut und ehrlich gemeint, und ich gab mir allergrößte Mühe.

Allerdings musste ich schon am ersten Tag feststellen, dass das für einen Hund, der es nicht wirklich gelernt hat, gar nicht so einfach war.

Ihr müsst das mal selbst ausprobieren. Habt Ihr schon einmal ein Handy im Maul gehabt? Ich meine, im Mund?

Wenn Ihr das zum ersten Mal macht, kommt es euch bestimmt komisch vor. Paul war zwar nicht schwerhörig, hörte das Klingeln. Doch das Telefon lag viel zu weit weg für Paul und dessen Gipsfuß. „Erna, hol's Handy", gab mir Paul einen Auftrag.

Ich war ganz aufgeregt. Holte das Teil. Doch Paul hörte wohl niemanden am anderen Ende.

Als Paul dann an dem Gerät herumfummelte, wurde er ungnädig. „Erna, das müssen wir unbedingt üben", sagte er.

Am nächsten Tag kam der Freund, und Paul bat ihn, ein neues Handy zu besorgen.

„Erna hat mein altes angeknabbert", hörte ich nur.

Von wegen angeknabbert. Ich habe nur gemacht, was Paul gesagt hat. Dann muss er es mir eben beibringen! Ich knabbere doch nicht einfach an einem Handy herum!

In dieser Hundeschule, von der ich eben erzählt habe, da ist einigen Hunden sogar beigebracht worden, die Wäsche aus einer Waschmaschine zu holen, wenn diese fertig war.

Das geht für meinen Geschmack aber zu weit. Ich war ja nicht immer da, als sie das trainierten – aber vielleicht mussten die Hunde die Waschmaschine ja auch reparieren, wenn sie mal kaputt war.

Mir hat es schon gereicht, wenn ich Pauls Pantoffeln holen sollte. Die rochen zwar richtig lecker. Aber es war ein ganz schönes Gezottel. Ich musste sie im Flur ins Maul nehmen und ins Wohnzimmer bringen.

Normalerweise legte ich die Pantoffeln immer neben Pauls Füße ab. Einmal aber, da freute er sich so sehr, als er mich mit den Schlappen sah, dass ich ihm am liebsten auf den Schoß springen wollte.

Ich hatte ganz und gar vergessen, dass ich die Dinger im Maul hatte. Einer fiel mir beim Sprung auf den Schoß in Pauls Kaffee-Tasse. Mit dem zweiten riss ich eine Blumenvase herunter.

Trotz der Verluste wurde ich aber immer besser.

Am Ende waren es zwar auch eine ganze Menge Scherben, die Paul zusammenfegen musste. Trotzdem konnte er sich auch ein paar Wochen richtig schonen.

Lulu, die Diabetes-Assistentin

Die vorrangigste Aufgabe, die ein Begleithund zu erfüllen hat, ist die Unterstützung, die zu einer besseren Mobilität des Hundeführers führt und damit auch zu einer größeren Unabhängigkeit.

Einfache Handreichungen gehören stets zur Ausbildung von Begleithunden.

In einigen Berichten wird aber auch von Hunden erzählt, die tatsächlich unverzichtbare lebenswichtige Aufgaben erledigen. So schrieb eine Zeitung über die Warnhündin Lulu, die nachts den neunjährigen Anton bewachte. Der Junge litt schon früh an Diabetes Typ I. Die Labrador-Dame war in der Lage zu riechen, wenn der Blutzuckerspiegel des Jungen nicht mehr im Normalbereich war. Bevor der Hund die Aufgabe übernahm, mussten die Eltern jede Nacht aufstehen, um den Blutzuckerspiegel ihres Sohnes zu messen. Als Lulu die Aufgabe übernommen hatte, wachte sie über Anton, wenn er schlief. Roch sie die Gefahr, ging sie ins Schlafzimmer der Eltern, um denen ein Signal zu geben.

Lulu war sogar in der Lage, am Telefon einen Notrufknopf zu drücken, wenn die Eltern mal nicht im Haus waren und der Blutzuckerspiegel des Jungen entgleist war.

Während ich Paul mit seinem Gipsbein pflegte, erzählte er mir viel aus seinem Leben mit Hunden. Ich war, wie Ihr wisst, ja nicht die einzige Hündin, die bei ihm wohnen durfte. Und auch nicht der einzige Hund, mit dem er als Polizist zusammengearbeitet hat.

Und bei Paul durften im Laufe der Zeit nicht nur Hunde oder Hündinnen wohnen, sondern manchmal auch Menschen-Frauen.

Mit Gina war Paul sogar verheiratet. Und weil die beiden sich so gut verstanden, bekam Gina eines Tages ein kleines Mädchen, das dann Ulrike hieß. Und später kam noch Chris dazu.

Als Paul mit Gina und Ulrike und Chris zusammen in einer Wohnung lebte, gehörte auch Haro zur Familie.

Haro war ein Schäferhund, der auch im Polizeidienst stand. Er soll ein guter Schutzhund und Sprengstoffsuchhund gewesen sein.

Weil Paul eine Zeit lang immer nur nachts arbeiten musste, gab es irgendwann Stress zwischen ihm und Gina. Das ging so weit, dass sich die beiden nur noch gestritten haben, weil Paul nie zu Hause war. Und wenn er zu Hause war, kümmerte er sich nur um Haro, oder er ging schlafen.

Gina hat dann eines Tages gesagt: „So möchte ich nicht weiterleben. Mit einem Mann, den ich nie sehe. Der nur für seinen Job und seinen Hund da ist." Dann hat Gina irgendwann ihre Koffer gepackt und ist ausgezogen. Für immer. Ich habe sie gar nicht mehr kennen gelernt.

Als Gina und Rike und Chris aber noch bei Paul wohnten, gab es auch viel Stress zwischen Haro und den beiden Kindern.

Haro soll Rike sogar einmal richtig angegriffen haben. Ich kann mir das gar nicht vorstellen. Da muss ja wirklich etwas Schlimmes gewesen sein. Zum Glück ist Rike nichts passiert, außer, dass sie einen riesigen Schreck bekam.

Und Paul natürlich auch. Für Gina war es dann ein weiterer Grund, aus der gemeinsamen Wohnung auszuziehen. Chris und Rike nahm sie gleich mit.

Trotzdem sagt Paul immer: „Haro war ein guter Hund." Als die drei nicht mehr da waren, wurde Paul immer trauriger.

Ihr müsst wissen, es war auch eine Zeit, in der kaum noch einer mit einer Bombe gedroht hat. Die Spezialeinsätze wurden immer seltener.

Nicht dass Paul sich gewünscht hätte, dass irgendwelche Spitzbuben in Schulen oder Altenheimen Bomben verstecken. Nein. Das bestimmt nicht. Aber wenn sich die Zeiten so ändern, dann verändern sie natürlich auch die Menschen. Und die Hunde gleich mit.

Plötzlich wurden die beiden immer nachts losgeschickt, um Schwerlasttransporte zu begleiten. Zwei Sprengstoffexperten! Das müsst Ihr euch mal reinziehen!

Paul zog, wie er sagte, die Reißleine (nicht mit der Hundeleine verwechseln!) und entschloss sich, erst einmal ein Polizist ohne Hund zu werden. Haro gab er ab, in die Diensthundeschule.

Als Haro dann einen neuen Polizeihundeführer bekam, passierte es. Haro sprang den Polizisten an. Dieser drückte ihn an sich. Haro wedelte zuerst erfreut mit dem Schwanz und wurde kurz darauf wild wie eine Bestie. Er ging auf seinen neuen Hundeführer los, fletschte seine Zähne, als wolle er ihn zerfleischen.

Da bekam dieser Angst, griff zur Pistole und erschoss den Hund.

Bei der Autopsie des toten Hundes haben die Spezialisten entdeckt, dass Haro einen ganz schlimmen Herzklappenfehler hatte. Wahrscheinlich bekam er große Angst, wenn er gedrückt wurde. Und wahrscheinlich war dies auch der Grund dafür, dass er damals Rike angegriffen hatte.

Paul war, als er Haro weggegeben hatte, sehr unglücklich. Haro weg. Gina weg. Besonders aber: Chris und Rike auch weg. Vor allem der sonderbare Tod von Haro machte ihm lange Zeit noch zu schaffen. Er machte sich Vorwürfe, dass er nicht erkannt hatte, dass Haro herzkrank war.

Aufwärts ging es für Paul erst dann wieder, als sein Chef das bemerkte und zu ihm sagte: „Wir brauchen wieder so ein Team, wie Ihr es wart, Haro und du."

Na, was dann kam, das wisst Ihr ja. Paul bekam grünes Licht, sich einen neuen

Hund zu besorgen. Und der war – na ratet mal! Richtig! Ich.

Nun sitzt Paul hier, zerkratzt und mit einem Gipsbein. Doch nicht ich war schuld an dieser Misere, sondern Paul selbst.

In einem glich diese Zeit wohl der Zeit mit Haro. Paul war irgendwie unzufrieden. Das kann natürlich daran gelegen haben, dass ich ihm sein Handy angefressen habe. Das kann aber auch daran gelegen haben, dass es so wenig Bombendrohungen gab.

Noch bevor Paul wieder richtig gesund war, humpelten wir beide zu einer riesengroßen Brücke. Das heißt, gehumpelt ist natürlich nur einer von uns beiden.

Paul sagte: „Wir müssen uns mal etwas anderes einfallen lassen für dich, Erna. Du musst auch mal mit richtigen Extremsituationen fertig werden."

Als ob ich das nicht schon immer konnte! Paul hatte aber wohl Gefallen daran gefunden, mit mir an dieser Brücke zu trainieren. Er hatte sich die Riechprobe eingesteckt, und wir fuhren also zu unserem neuen Übungsgelände.

Ich kann euch sagen: Das ist gar nicht mal so lustig, so eine Brücke. Als Suchhund musst du da viel klettern. Es war eine ganz alte Brücke mit viel Schnickschnack, Ecken und Kanten und Streben. Oben die Autos. Unten der Fluss. Ich hatte mächtig Respekt vor diesem Ort.

Paul aber machte das wohl Spaß. Er humpelte dort herum und versteckte seine Sprengstoffprobe.

Trotz der Angst vor Autolärm und der Tiefe – für mich war das natürlich alles kein Problem. Sprengstoff rieche ich nämlich drei Meilen gegen den Wind. Und nach meiner Polypen-Operation sogar vier Meilen.

Doch dann kam Paul ins Grübeln. Ich hatte seine Probe gerade wieder gefunden, da fragte mich Paul mit einem sonderbaren Ton: „Erna! Bist du dir sicher? Ich habe hier doch gar nichts versteckt."

Bestimmt hatte Paul bei seinem Motorradunfall auch einen Schlag auf den Kopf bekommen. Sicherlich hat er die Stelle vergessen, an der er die Probe versteckte.

Ich war mir völlig sicher. Hier, in diesen stählernen Verwinkelungen hat Paul sein Zeug irgendwo versteckt. Vielleicht wollte er gar nicht, dass ich die Probe finde, weil ihm seine Leckerlis ausgegangen sind. Für mich war es jedoch klar: Hier liegt etwas Gefährliches. Und ich ließ mich davon nicht abbringen.

Komischerweise fand ich mehrere solcher Stellen. Überall roch es nach diesem Zeug. Nach Sprengstoff.

Paul hatte dann irgendwann die Nase voll, und wir fuhren nach Hause.

Am nächsten Tag ging es aber wieder dort hin. Das gleiche Spiel. An die vielen Geräusche hatte ich mich schnell gewöhnt, und auch an die Kletterei und das Wasser da ganz weit unten.

Wie immer, fand ich Pauls Verstecke sehr schnell.

Doch wieder roch ich Sprengstoff an mehreren Brückenteilen, wenn Paul seine Probe noch in der Tasche hatte.

Wir waren beide wirklich verzweifelt. Paul dachte, ich hätte wieder etwas mit meiner Nase. Und ich hatte Angst, dass Paul schusselig wurde und vielleicht doch noch eine zweite und dritte Riechprobe versteckt hatte und dies einfach nicht mehr wusste. Wegen des Motorradunfalls.

Brücken sind ideal, sollten aber tabu sein

Brücken werden von Hundeausbildern tatsächlich gern als Übungsgelände genutzt. Die geschilderten Ausnahmesituationen – viele Geräusche, Fahrzeugverkehr, Höhenunterschiede – fordern den Hunden viel Anpassungsvermögen ab.

Aber Vorsicht! Für den Hobbyhundeausbilder sind Brücken tabu. Selbst Brücken, die in verkehrsarmen Gegenden stehen oder sogar stillgelegt wurden, verbergen auch immer besondere Gefahren. Sie sollten für diese Zwecke grundsätzlich gemieden werden.

Viel später ist die Brücke abgerissen und neu aufgebaut worden. In diesem Zusammenhang kam auch heraus, was uns damals so meschugge gemacht hatte.

Denn die Bauarbeiter fanden bei den Abrissarbeiten tatsächlich Sprengstoff. In der Zeitung stand, dass jemand herausgefunden haben wollte, dass die Brücke im Zweiten Weltkrieg gesprengt werden sollte; es glücklicherweise aber nicht mehr dazu kam. Ich habe genau gewusst, dass dort etwas nicht in Ordnung war.

Noch später fanden sie an einer anderen Brücke in der selben Stadt sogar einen kompletten, eingebuddelten russischen Panzer. Der hatte ebenfalls noch Granaten an Bord. Stellt euch das mal vor! Ein Dreivierteljahrhundert nach dem Krieg!

Erna hatte auch Spaß daran, Schülern im Zeichenunterricht manchmal Modell zu sitzen.

Da seht Ihr mal, dass Sprengstoffhunde auch gut sein können, wenn Ihr Menschen nicht wisst, was Ihr mal alles für Blödsinn angestellt habt. Oder eure Väter. Oder eure Urgroßväter.

Wenn Ihr uns Hunde nur lassen würdet – wir würden bestimmt so manch' Überbleibsel aus euren Kriegen finden. Von wegen, wir Hunde sind gefährlich. Menschen können viel gefährlicher sein!

Einmal sind Paul und ich und viele andere Hunde mit ihren Hunde-Menschen auf einem stillgelegten Schießplatz gewesen, auf dem schon fünf oder zehn Jahre nicht mehr geschossen wurde und auf dem eigentlich alles weggeräumt wurde, was an diesen Schießplatz erinnern könnte.

Wir Hunde sollten mal schauen, ob es hier noch irgendwelche Reste gibt. Wir brauchten gar nicht lange zu schnuppern, bis wir im Sand nach leeren Patronenhülsen wühlten. Und viele fanden.

Sie waren leer und völlig verdreckt. Doch sie rochen, als wären sie nagelneu und extra für uns im Gelände versteckt.

Ein anderes Mal waren wir gerufen worden, weil ein früherer russischer Flugplatz übergeben werden sollte. Ganz viele hohe Tiere, beziehungsweise hohe Menschen, sollten kommen. Deshalb wollten sie auf Nummer Sicher gehen.

Zu sehen war nichts. Aber das Zeug muss ja mal in allen Ecken herumgelegen haben. So viele Stellen, die nach Sprengstoff rochen, habe ich in meinem ganzen Hundeleben nicht kennen gelernt.

Ein Glück, dass die Bomben, Granaten und Patronen nicht mehr da waren. Weil wir aber solche Orte noch Jahre später riechen, war dieser Tag für mich wie Weihnachten.

Der Platz muss früher ein einziges Pulverfass gewesen sein. Überall habe ich Sprengstoff angezeigt. Und jedes Mal habe ich eine Belohnung dafür bekommen. Es war wie im Paradies.

Inzwischen war es schon ein halbes Hundeleben her, dass ich in den Polizeidienst eintrat. Ich merkte irgendwann, dass ich nicht mehr ganz so schnell war, wie früher. Und mir tat immer öfter der Rücken weh.

Manchmal mochte ich nur noch liegen. Bei Einsätzen verlor ich oft die Lust, bevor das Spiel vorbei war. Da konnten mich auch keine Leckerlis, Gummibälle oder Streicheleinheiten mehr locken.

Menschen, die einen Bandscheibenvorfall hatten, können es vielleicht nachempfinden. Wenn du den Hinterlauf streckst, tut dir der Hals richtig weh. Als wenn da etwas zu kurz im Körper ist.

Einmal sind mir diese Schmerzen bei einem Einsatz in die Quere gekommen. Bombenalarm in einem Tanklager, das noch eine riesige Baustelle war. Paul und ich, wir sind dorthin, und überall siehst du nur Rohre. Rohre, Rohre, Rohre!

Normalerweise, müsst Ihr wissen, sind Rohre für mich ja etwas ganz Spannendes. Und so war es auch bei diesem Einsatz.

Paul schickte mich in so ein Rohr hinein. Er selbst konnte ja nicht mitkommen, denn er ist viel zu dick dafür. Aber für mich hatte das Rohr die richtige Größe.

Nur mit der Länge des Rohres kam ich nicht zurecht. Ich lief los. Und lief und lief. Doch das Rohr hatte kein Ende. Ich sah längst auch schon kein Licht mehr.

Ich weiß gar nicht, wie lange ich schon unterwegs war. Ganz leise hörte ich jemanden rufen. Es könnte Paul gewesen sein.

Doch warum ruft er? Er hat mich doch da reingeschickt.

Das Rohr war viel, viel schlimmer als der Fuchsbau, in dem ich einmal war. Nach Sprengstoff roch es jedoch an keiner Stelle.

Plötzlich wieder die Rückenschmerzen. Ich musste mich erst einmal hinlegen. Zwar war es ungemütlich. Doch ich brauchte plötzlich eine Pause.

Dabei muss ich kurz eingeschlafen sein. Die Rufe wurden immer lauter. Plötzlich durchmischten sie sich mit Klopfgeräuschen.

Was war das? Es kam immer näher. Da raffte ich mich auf und lief einfach zurück. Bald sah ich wieder Licht. Und dann auch Paul. Der breitete seine Arme aus und drückte mich fest an sich.

Aua! Auch das tat meinem Rücken weh. Ich verkniff mir aber jedes Winseln.

„Wir dachten schon, wir müssen hinterher kommen, weil du etwas gefunden hast", sagte Paul zu mir. Und dass er mich nicht noch einmal in so ein Rohr schicken würde. Wir suchten das Gelände nun nur noch außen ab. Sprengstoff fanden wir aber nicht.

Es gab aber auch Tage, besonders wenn

Dackellähme

Dackellähme – oder auch Teckellähme – kommt nicht nur – aber besonders oft – bei Dackeln vor. Beim Menschen würden wir von einem Bandscheibenvorfall sprechen. Des öfteren betroffen sind auch Zwergpudel, Pekinesen und Spaniel.

Bedingt durch eine Knorpelwachstumsstörung und damit einhergehende krankhafte Veränderungen der Bandscheiben, kann das betroffene Tier unter extremen Schmerzen leiden, die sich auch in Bewegungsunlust und später in sichtbarer Lähmung der Beckenpartie bemerkbar machen können.

Heute stehen den Tierärzten eine Reihe von Therapiemethoden zur Verfügung; sowohl durch Verabreichen von Medikamenten, die mit der Krankheit einhergehende Entzündungen und Schmerzen zurückdrängen, wie auch Operationsmethoden.

es warm war, da fühlte ich mich mit meinem Rücken wie ein junger Jagdhund.

Einmal, da habe ich es auch etwas übertrieben. Wieder gab es eine Bombendrohung, diesmal in einem Krankenhaus.

Da die kranken Leute noch nicht alle evakuiert waren, hatten wir noch nicht mit der Suche begonnen.

Wir warteten auf dem Wirtschaftshof auf das Signal zum Einsatz.

Plötzlich tobte eine Katze über den Hof. Ich gleich hinterher. Wie in jungen Jahren, als ich noch mit Mimi und Felix über den Hühnerhof geflitzt bin. Paul bekam gar nicht so schnell mit, wohin die Jagd ging und rief sehr verärgert hinter mir her.

Irgendwann kam ich dann aber wieder zurück. Den ganzen Tag hinter einer Katze her hetzen, macht dann ja auch wieder keinen Spaß. Besonders an Orten, an denen man sich nicht so gut auskennt wie dieser Stubentiger.

An jenem Tag habe ich besonders gut nach Sprengstoff gesucht. Das hat Paul natürlich bemerkt und zum Glück wieder versöhnlich gestimmt.

Als der Einsatz vorbei war und keine Bombe im Krankenhaus gefunden wurde, freute sich ein junger Feuerwehrmann, der ebenfalls zum Einsatzort gerufen worden war, ganz besonders. Seine Frau lag in diesem Krankenhaus gerade zur Entbindung. In der Nacht kam dann der kleine Feuerwehrmann gesund zur Welt.

Der Papa sagte, wäre es ein Mädchen geworden, hätte er sie „Erna" genannt. Na, ob er das wirklich getan hätte?

Doch es half nichts. Mit meinem Rücken wurde es immer schlimmer. Ich hatte sogar schon gehört, dass Paul sich einen neuen Hund besorgen soll, der das macht, was ich bisher gemacht habe.

Paul und all seine Kollegen haben wohl gemerkt, dass ich keinen Spaß mehr am Herumtoben hatte.

Und seien wir doch mal ehrlich: Das ewige Herumschnuppern macht für mich doch nur Sinn, wenn ich etwas davon habe. Wenn mir aber selbst das Fressen nicht mehr schmeckt, weil es dann gleich in meinem Bauch umher rumort und ich mich dann auch nicht mehr so richtig unter Kontrolle habe – Ihr wisst schon, was die Stubenreinheit betrifft – dann ist das am Ende für alle nicht mehr schön.

Paul hat mir immer und immer wieder versichert, dass er mich nicht im Stich lassen wird. Was aber soll er mit einem Hund anfangen, der sich wegen seiner Schmerzen immer gleich in die Ecke legt und der hier und da auch mal eine Pfütze hinterlässt?

Rein vom Alter her dürfte ich noch lange kein Rentner sein. Ich fühlte mich mit sieben, acht Jahren – sagen wir mal – wie ein Mensch mit allerhöchstens 40, 50. Aber das ist ja mit denen auch nicht anders.

Viele von ihnen können zwar noch ordentlich arbeiten. Doch der Rücken oder die Hüfte oder die Nase oder irgendwas an ihnen ärgert sie so, dass sie keinen Spaß mehr haben an ihrem Job. Manche von ihnen haben im Alter auch ganz schön mit ihrer Blase zu kämpfen.

Und wenn sie einen Chef haben, dann merkt der es ja auch irgendwann und besorgt sich einfach einen neuen Menschen. Es gibt ja genug davon. Wahrscheinlich mehr als Hunde.

Es ist nur zu verständlich, dass Paul sich nun einen neuen Hund besorgen sollte.

An einem schönen Herbsttag – ich weiß noch genau, dass überall viele Blätter herumlagen, und mir hatte das Toben in diesen Blättern ausnahmsweise mal wieder Spaß gemacht – da sind wir beide, also Paul und ich, ins Auto gestiegen und in ein Tierheim gefahren.

Ich kannte so etwas noch aus meiner Jugendzeit. Wenn Ihr mein Buch ordentlich gelesen habt, dann wisst Ihr, dass ich selbst auch schon mal in einem solchen Heim gewohnt habe.

Das war gar nicht einmal so schlecht.

Aber wieder da rein? Nein, das wollte ich nicht.

Als wir durch das Tor zum Hof kamen, begannen die Hunde, die da hinter Maschendrahtzäunen darauf warteten, dass sie jemand rausholt und nach Hause mitnimmt, ein freundliches Bellkonzert. Ich hörte richtig heraus, wie einige winselten. Andere kläfften, als wollten sie, dass wir sofort wieder verschwinden.

Wahrscheinlich dachten die sofort, dass Paul sie ja sowieso nicht mitnimmt. Schließlich hatte er ja mich dabei. Er hat also schon einen Hund. Und zwei braucht der bestimmt nicht, dachten sie wohl. Vielleicht will er den Kleinen ja auch loswerden und hier abgeben.

Doch die Kläffer sollten sich ordentlich täuschen. Paul wollte mich erstens hier nicht abgeben, und er suchte – zweitens – tatsächlich einen weiteren Hund.

„Ich suche einen Hund, der weiß, was er will", sagte Paul zu der Frau, die wohl die

Chefin von all den Tieren dort war. „Er soll gern spielen, gesund sein – und auch gelehrig."

Na und dann ratterte Paul eben all das ab, was er so erzählt, wenn er von einem guten Hund spricht: Gehorsam, gute Ohren, gute Nase.

Aber dann kam's. Aufgepasst! Dann sagte Paul: „Und er muss sich – und das ist fast das Wichtigste – unbedingt mit dieser kleinen Dame verstehen!"

Habt Ihr das gehört? „Es ist das Allerwichtigste", hat er gesagt! Mich hat er gemeint! Und „Dame" hat er gesagt. Ich hätte Paul sofort zu Boden reißen und ihn von oben bis unten ablecken können.

Aber ich riss mich zusammen; zeigte aber mit einem fröhlichen Schwanzwedeln, dass ich verstanden hatte.

Und dann fügte er noch hinzu: „Und Erna muss er auch gefallen." Habt Ihr das gehört!?

„Warum haben Sie Erna denn nicht gleich mitgebracht", fragte die Frau.

„Na, das hier ist doch Erna!", war Paul irritiert und nahm mich auf den Arm.

Liest diese Frau, denn keine Zeitung?

Na das kann ja heiter werden, dachte ich mir. Will Paul mich etwa verkuppeln?

„Schau mal Erna! Macht der nicht einen klugen Eindruck?" Wir knieten uns vor einem Zwinger nieder, in dem ein etwas struppiger Schäferhund brav da saß, den Kopf zur Seite legte und uns aufmerksam musterte.

Als ich dann beim Hinknien mit ihm auf gleicher Augenhöhe war, wurde mir mit einem Male ganz warm ums Herz.

Der Schäfi schaute mir in die Augen und fing an zu knurren. Ich knurrte ganz, ganz zart zurück. Und wie der roch! Ich will das nicht weiter ausmalen. Hunde wissen, was das bedeutet. Und wenn Ihr auch bei einem Hund wohnt, dann fragt ihn doch einfach mal.

Paul spürte es auch sofort. Er begann sich jedenfalls ordentlich für den Hund zu interessieren. Der Schäferhund war jünger als ich und hieß Les.

Die Frau erzählte die Geschichte von Les. Dass er eine recht schlimme Kindheit hatte. Dass er schon in mehreren Familien gelebt hat. Dass er aber sehr gehorsam ist. Und klug. Und schnell. Und stubenrein. Und alles, was Paul wohl eben hören wollte.

Paul sah sich an diesem Tag keinen anderen Hund mehr an. Er hatte nur noch Augen für Les. Und für mich.

Am Abend fragte er mich: „Was meinst du Erna? Wär' der was? Wär' Les ein würdiger Nachfolger für dich? Könntest du dir vorstellen, dass er bei uns mit einzieht?"

Ich stimmte sofort zu. Und ich bin mir auch ganz sicher, dass Paul das sofort verstanden hatte.

Wir waren danach noch zwei oder drei Mal in diesem Tierheim. Paul durfte Les aus dem Zwinger holen, und wir durften uns sofort beschnuppern.

Schließlich gingen wir zu der Frau ins Büro und schauten uns ein paar Papiere an.

Na ja, Paul schaute sich die Papiere an, und ich schaute ihm dabei zu.

Dann durften wir Les an die Leine nehmen und mit ihm nach Hause fahren.

Zu Hause angekommen, gab es aber sofort Stress. Les entdeckte meine Decke und wollte sich gleich darauf breit machen. Ich konnte nur empört zu Paul hinaufschauen, und der begriff, dass er erst einmal klare Verhältnisse schaffen musste.

„Ihr werdet natürlich getrennt schlafen", ordnete er streng an. „Les bekommt seinen Schlafplatz nebenan." Les wollte zwar toben, aber mir war nicht danach zumute. Ich hatte Rückenschmerzen.

Nun waren wir mit einem Male eine richtige Familie. So eine, in der alle miteinander viel Spaß hatten. In der es aber auch genug Streit gab.

Manchmal hatte es Vorteile, dass wir nun zu dritt waren. Manchmal aber auch Nachteile. Einen dieser Nachteile bekam ich gleich zu spüren, als ich am nächsten

Morgen, also am ersten Morgen, an dem Les bei uns wohnte, mit Paul zur Arbeit wollte.

Wir wurden alle drei von Pauls Kollegen mit einem Polizeiauto abgeholt, und ich war schon richtig gespannt darauf, wie die anderen Menschen Les begrüßen würden.

Doch der Weg führte nicht zu Pauls Arbeit, sondern zum Garten mit dem Zwinger.

„So Erna. Du wirst heute hier bleiben. Euch beide zusammen kann ich nicht gebrauchen."

Was war denn das? Ich wusste daraufhin nur zu winseln; so gut ich konnte.

Aber es half nichts. Paul schloss mich ein, und selbst mein Kletterversuch konnte ihn nicht umstimmen.

Ich verbrachte hier wieder einmal einen dieser unendlich langen Tage, die es von mir aus nicht hätte geben müssen.

Am Abend hat mir Paul dann erklärt, dass dies nicht anders ging. Er musste Les allein mitnehmen. Ihm seine Dienststelle zeigen. Und alles besprechen, wie es mit

Les jetzt weitergeht. Dass er nun auch zur Hundeschule muss und so weiter.

Ich hatte plötzlich so eine Ahnung. Als würde ich demnächst tatsächlich zum alten Eisen gepackt. Soll er mich doch in ein Altenheim stecken, dachte ich mir. Da war ich doch schon einmal, und es hatte mir großen Spaß gemacht, dort bei den Alten auf dem Schoß zu liegen und von ihnen gekrault zu werden.

Aber Paul hatte mir ja versprochen, dass wir immer zusammenbleiben. Und ich weiß, dass Paul hält, was er verspricht.

Am nächsten Tag das gleiche Spiel. Wieder wurden wir drei mit dem Auto abgeholt. Wieder ging es gleich in Pauls Garten. Wieder sperrte er mich für den Tag ein.

Ich fand es schon immer schrecklich, den lieben langen Tag allein im Zwinger verbringen zu müssen. Aber jetzt, da Les da war und da Paul Les immer mit zur Arbeit nahm, war es für mich ganz besonders schlimm.

Das ging viele Tage so. Bis Paul eines Tages sagte: „Ich fahre mit Les heute zur Hundeschule. Und wenn du brav und nicht eifersüchtig bist, Erna, dann darfst du mitkommen."

Na, das war doch endlich mal eine ordentliche Ansage!

In der Hundeschule sah ich sofort, dass Les noch viel lernen musste. Er war noch jung und hatte bisher wohl auch noch nichts von Disziplin gehört. Wir beide, Les und ich, wir verstanden uns zwar aufs Wort. Doch unseren Paul verstand ich eindeutig besser als der Neue.

Les musste öfter zur Hundeschule, als Paul es geplant hatte. Als Mensch hätte ich vielleicht gesagt, Les blieb mehrmals sitzen. Er musste einige Lektionen wiederholen.

Wenn er es dann aber geschnallt hatte, dann funktionierte er auf Kommando.

Manchmal fuhr Paul nicht mit Les zur Hundeschule, sondern Pauls Menschen-Partner fuhr mit. Sein richtiger Partner, das war ja ich. Aber es gab da noch einen Mann, der auch gern Pauls Partner sein wollte.

An einem Tag, als es wieder einmal so war, begrüßte Paul mich morgens ganz aufgeregt. Er sollte mit mir in einer Gerichtsverhandlung erscheinen, erzählte er. „Erna, die Staatsanwältin will sehen, dass du das wirklich kannst. Sie will einen ganz schlimmen Spitzbuben hinter Gitter bringen. Der Richter will einen Beweis aber nur anerkennen, wenn wir ihm zeigen, dass du die Pistole gefunden hast. Dass du das überhaupt kannst. Er denkt, dass das gar nicht möglich war, so, wie die Staatsanwältin das erzählt. Und er denkt, dass da etwas faul ist an der Sache.“

Ich weiß noch genau, wie das damals war. Ich hatte die Pistole in einem Raum ganz oben in einem Versteck unter der Decke erschnuppert. Wir hatten lange in dem Raum danach gesucht. Bis ich diesen Sprengstoffgeruch sozusagen von oben auf mich herabrieseln roch.

Schon damals hatten die anderen Menschen, die mit dabei waren, rumgealbert und erzählt, Paul hätte die Pistole da oben versteckt und nur so getan, als ob ich sie fand. Aber ich schwöre bei meiner Nase, dass das nicht so war.

Die Staatsanwältin war damals zwar nicht dabei, doch sie wollte gern an meine Entdeckung von damals glauben. Denn sie hielt dieses Ergebnis für einen wichtigen Beweis.

Dass sie aber nicht wirklich dachte, dass ich das kann, erfuhr ich erst ein paar Hundeaugenblicke später.

Für meinen Auftritt im Gericht hatte der Richter ein paar Patronen in den Kronleuchter gelegt. Paul und ich dackelten in den Gerichtssaal hinein. Paul hielt mir kurz noch einmal eine Riechprobe unter die Nase. Und ich wusste, was zu tun ist.

Dass ich nach oben riechen musste, hatte ich nicht gleich mitbekommen. Ich ging zuerst zu den Leuten auf den Zuschauerplätzen. Schnupperte jeden einzelnen ab. Ging dann zum Richter und kroch ihm sogar unter die Robe. Wie der roch!

Eine Waffe mit Munition hatte er aber nicht dabei. Ich lief in jede Ecke. Und dann zurück zur Tür. Da hatte ich's – dachte ich.

Eindeutig war es der Geruch von Schwarzpulver. Aber wo kam der her? War es vielleicht nur Pauls Riechprobe?

Dann plötzlich wusste ich, es kommt von oben. Ich hatte nämlich zwei Beine vor mir und knurrte sie an.

Der Mann, der an den Beinen oben dran war, schaute ganz verängstigt, öffnete seine Jacke. Und zum Vorschein kam eine Pistolentasche.

Der ganze Saal fing an zu lachen. „Na, Frau Staatsanwältin?", fragte der Richter mit einem Schuss Sarkasmus in seiner Stimme. „Es ist wohl doch nicht so einfach, wie Sie es darzustellen versuchen!?"

„Los Erna", feuerte mich Paul noch einmal an. Er reichte mir noch einmal die

Riechprobe und forderte mich erneut mit einem „Such!“ auf, nicht nachzulassen.

Ich merkte es auch an den vielen Gesichtern, die von mir etwas erwarteten. Von dem Polizisten an der Tür, der unter seiner Jacke die Pistole hatte, habe ich nicht mal ein Leckerli bekommen.

Doch dann auf einmal. In der Mitte des Saales. Wo gar nichts zu verstecken war, und wo ich deshalb auch gar nicht groß geschnuppert hatte, da fiel der Geruch wieder auf mich herunter. Wie damals.

Ich blieb stehen, schaute erst nach oben und bellte dem entgegen, was da oben versteckt sein musste. Und als ich mir ganz sicher war, versuchte ich auch, an den Kronleuchter zu springen. Ihr wisst ja, dass Dackel recht kurze Beine haben. Deshalb gelang es mir auch nicht. Aber ich strengte mich ganz doll an.

Wahrscheinlich zu sehr, wie ich später feststellen musste. Im Gerichtssaal breitete sich zwar ein Beifallssturm aus. Ich war gleich danach jedoch am Ende meiner Kräfte. Ich musste mich auf den Boden legen, und um mich herum wurde mit einem Male alles so neblig. Der Rücken. Ihr wisst schon.

Der Einsatz im Gerichtssaal sollte für lange Zeit mein letzter großer Einsatz gewesen sein. Eigentlich sogar der letzte richtige. Die Staatsanwältin rief danach bei Paul persönlich an, um sich zu bedanken.

Und Paul sollte mich auch ordentlich von ihr drücken – was er aber glücklicherweise nicht tat. Denn sonst hätte mein Rücken bestimmt noch mehr geschmerzt.

Les im Winterfell.

Paul tat mir richtig leid, als ich immer kranker wurde. Jetzt, da Les da war, brachte er mich tagsüber meist in den Zwinger.

Doch wenn es mir mal richtig schlimm ging, dann nahm er mich auch hin und wieder mit zur Arbeit. Oder er brachte mich zu seinem alten Gartenfreund. Der brauchte nämlich nicht mehr zu arbeiten – oder er durfte es nicht mehr. So genau weiß ich das nicht.

Dieser Gartenfreund hieß Willi. Und Willi nahm mich wiederum mit in seinen Garten. Der war gar nicht weit entfernt von Pauls, in dem mein Zwinger stand.

Für Willi war das ganz praktisch, weil er mich auch mal wegsperren konnte. Ich fand dies aber nicht so gut.

Trotzdem war das eine schöne Zeit mit mir und Willi. Willi war die Frau auch weggelaufen, und so freute er sich, dass wieder ein bisschen „Leben in die Bude kam“, wie er sagte.

Willi passte auch auf Pauls Bienen auf, von denen ich euch ja schon mal erzählt habe.

Paul schaffte sich die Bienen etwa zu dem Zeitpunkt an, als wir uns Les geholt haben. Doch zu den Bienen hatte Paul offenbar mehr Vertrauen als zu mir, denn für die hatte er keinen Zwinger gebaut. Die durften raus, wann immer sie wollten.

Bienen machen übrigens Honig, der mir richtig lecker schmeckt. Honig kennt Ihr bestimmt auch. Allein traute ich mich aber nicht mehr an den Honig heran, denn ich bin ja schon einmal fürchterlich von einer Biene in die Schnauze gestochen worden.

Dabei hatte ich es noch nicht einmal auf den Honig abgesehen.

Die Zeit mit Willi tat auch meinem Rücken ganz gut. Manchmal ging Paul mit mir zum Arzt, und er dachte wohl auch daran, mich operieren zu lassen. Doch gemacht hat es der Arzt nie. Ich bekam immer eine Medizin, und wenn ich die trank, gingen die Rückenschmerzen weg. Oft wachte ich aber im Schlaf auf und musste fürchterlich weinen.

Dann kam Les meist an meine Decke, und mir wurde wieder gut. Manchmal holte Les aber auch Paul. Wenn ich besonders lange weinte. Paul wusste dann, wie er mich besser hinlegen konnte, damit meine Schmerzen verschwanden. Zumindest ein bisschen.

Les war ein richtig guter Freund geworden. Er wusste, wenn es mir schlecht ging. Und wenn ich mal besser drauf war, dann spielte er mit mir. Aber immer nur so viel, dass es mir noch gut tat.

Ich glaube, Les ist ein guter Nachfolger geworden. Viel weiß ich über seine Einsätze und über seinen Dienst bei der Polizei aber nicht. Wir kannten uns nur privat.

Wenn Ihr mehr über Les wissen wollt, müsst Ihr Paul fragen. Vielleicht schreibt Les mit Paul zusammen ja irgendwann auch einmal ein Buch.

Erna und Les zankten sich zwar manchmal, doch im Grunde waren sie unzertrennlich wie Bonny & Clyde – oder wie Latsch und Bommel.

Les und ich, wir durften einmal gemeinsam mit Paul ganz weit weg verreisen. Da trafen sich viele Such-Experten, wie wir es waren. Ich war ja schon außer Dienst, bin praktisch privat mitgefahren.

Dort hörte ich mehrfach, wie sich die Hundeführer unterhielten und über alte Geschichten von mir plauderten. Denn ich war ja mal eine richtige Berühmtheit, wie Ihr wisst. Die wussten aber auch alles über mich.

Manchmal haben sie ganz schön übertrieben, wie ich finde. Einer erzählte, dass ich der Königin Beatrix mal das Rumpsteak vom Teller geklaut haben soll. Ein anderer sagte, dass mich der Bundeskanzler als Jagdhund haben wollte.

Na ja, das könnte ja sogar stimmen. Vielleicht weiß ich das nur nicht. Das Rumpsteak muss aber ein anderer gestohlen haben. Falls es überhaupt jemand gestohlen hat.

Das war ein lustiges Volk dort im Rheinland. Wir sind viel unterwegs gewesen. Und die Männer haben immer ganz viel Wein getrunken und mächtig mit ihren Hunden angegeben.

Les musste auch einiges vorführen. Ich habe mir das ganz genau angeschaut. Manche Suchaktion hätte ich, glaube ich, klüger angestellt. Auf jeden Fall aber anders.

Es kamen immer neue Hunde dazu. Und Menschen auch. Es war sozusagen ein Gipfeltreffen der Suchhunde.

Wir hatten alle viel Spaß. Auch deshalb erinnere ich mich gern daran. Weshalb ich dieses Hunde- und Hundeführertreffen aber nie vergessen werde, das ist die Tatsache, dass einer der Suchhunde gar kein richtiger Hund, sondern ein Schwein war.

Wir dachten alle erst, das ist eine Clowns-Einlage. Aber nein, es war alles echt und ernst gemeint.

Wie alle Hunde zuvor, die in dieser Vorführreihe dran waren, bekam das Schwein eine Probe vor seinen Rüssel gehalten. Und los ging es. Am Ende war es dann aber doch eine eher klägliche Nummer. Für die Hunde waren auf dem Gelände nämlich einige Kletterhindernisse aufgebaut. Was uns großen Spaß macht, hat dem Schwein aber nur Kopfschmerzen bereitet. Denn die größten Kletterer sind sie ja weiß Gott nicht, die Schweine.

Am Ende hatte das Schwein aber mehr Schwein gehabt als Verstand – und die versteckte Probe tatsächlich gefunden.

Trüffelschwein und Legende

Vor mehreren Jahren sorgte wirklich einmal ein so genanntes Drogensuchschwein für Schlagzeilen. Es wurde sehr medienwirksam in Szene gesetzt und soll dem Zollkriminalamt im Raum Hannover gedient haben. In einigen Berichten über dieses Schwein wird aber spekuliert, dass das alles nur ein Werbegag gewesen sei.

Einige Berichte, die über diesen Fall kursieren, machen zum Teil auch widersprüchliche Angaben, obwohl das Zollkriminalamt oder die Zollhundeschule als Quelle dieser Informationen angegeben werden.

Tatsache ist jedoch, dass Haus- und Wildschweine über einen ausgesprochen guten Geruchssinn verfügen. Bekannt ist, dass Schweine, insbesondere in Frankreich, zur Suche der begehrten Trüffel – einer unterirdisch wachsenden Pilzart – eingesetzt werden.

Dackellähme ist etwas, was ich nicht einmal dem schlimmsten Bombenleger wünsche. Waren es zuerst nur die Rückenschmerzen, die mich ab zu mal quälten, so wurde es immer unerträglicher.

Ich zog meine Hinterläufe nur noch hinter mir her. Und wenn Paul mich streicheln wollte, dann tat das schon weh, bevor er mich berührte. Trotzdem hatte ich noch schöne Hundemonate bei Paul und Les.

Offiziell war ich zwar aus dem Polizeidienst verabschiedet worden, aber alle Menschen und Hunde waren weiterhin gut zu mir.

Hunden bin ich, um ehrlich zu sein, außer Les kaum noch begegnet. Aber Menschen waren des öfteren bei uns zu Hause.

Besonders oft kam eine Frau. Wenn sie klingelte, bellte ich sie meist schon von innen aus an. Es war einen Briefträgerin und sie hatte eigentlich vor Hunden große Angst. Auch vor mir.

Ihr wisst ja: Hunde und Briefträger, das ist meist ein schwieriges Verhältnis. Weil es zwischen beiden oft Missverständnisse gibt, gab es auch schon zerbissene Hosenbeine. Wir lernten uns jedoch kennen und mochten uns.

Eines Tages kam sie mit einem Päckchen. Es hatte durchaus Ähnlichkeit mit einer selbst gebastelten Bombe. Etwas größer als ein Schuhkarton und mit viel Klebeband umwickelt.

Und getragen hat es die Briefträgerin, als ob es bei der geringsten Erschütterung hochgehen würde. Man sah sogar etwas Schweiß in ihrem Gesicht.

Ich hatte schon von weitem das Summen gehört. Aber Les dachte: Einsatz! Und stürmte auf die Briefträgerin los. Jetzt wurde sie richtig blass.

Erst dieses Päckchen und nun noch der große Hund vor ihr. Zum Glück war Paul sofort zur Stelle.

Er hat erstmal Les beruhigt und dann die Briefträgerin von diesem Päckchen befreit. Sie fiel ihm regelrecht in den Arm.

Als Dank hat Paul ihr ein Glas Honig geschenkt. Im Päckchen war nämlich keine Bombe, sondern ein Bienenschwarm.

Ich habe das alles aus sicherem Abstand beobachtet; lag auf dem Boden. Die Frau hat mich lange angeschaut.

Einige Zeit später ist sie sogar bei uns eingezogen. Damit Paul nicht mehr so allein ist.

Ein Jahr später hat Paul Ines geheiratet.

Erna starb im Alter von etwa zehn oder elf Jahren an Dackellähme. Das genaue Geburtsdatum war für Paul nicht ermittelbar.

Ende